HUBRIS

HUBRIS

미스테리 소설

휴브리스

나를 찾아 주세요

박성용 지음

좋은땅

휴브리스(Hubris) : 인간의 오만, 지나친 교만, 자기과신, 오류를 일컫는 단어. 성공한 사람이 자신의 능력과 방법을 우상화함으로써 스스로 오류에 빠지게 되는 것을 빗대는 단어. 인간이 신(神)의 영역까지 침범하려는 과도한 오만함을 가리키는 말을 '휴브리스(Hubris)'라고 한다.

목차

1부
새벽 : 서막(序幕)   7

2부
오전 : 미로(迷路)   55

3부
오후 : 혼돈(混沌)   93

4부
저녁 : 심연(深淵)   149

1부

······················

새벽 :
서막(序幕)

"과장님, 지난번에 이야기하시는 거 얼핏 들어 보니 과장님도 강아지 기르시는 거 맞죠? 그럼, 저거 우리나라에 출시되면 혹시 사실 계획 있으세요?"

매운맛과 매운 음식을 좋아해서 중국집에 오면 늘 짬뽕을 시키는 이상원 대리가 어김없이 핸드폰을 보고 있던 정동석 과장에게 물었다. 아이러니하게도 매운맛을 좋아하기는 하나 매운맛을 잘 견디지 못하는 이 대리는 늘 콜라를 함께 주문해서 물 대신 마시곤 했다. 이 대리와 반대편에 앉은 정 과장은 앉자마자 "난 볶음밥"이라 말하곤 짜장 소스와 짬뽕 국물을 달라는 요청을 잊지 않았다.

이 대리가 물어본 것을 건성으로 들었는지 아니면 못 들었는지 정 과장은 주문을 하고는 바로 핸드폰을 들여다보기 시작했다. 6개월 전부터 시작한 골프에 심취해서 어디서든 틈만 나면 골프 동영상을 보는 것이 정 과장의 유일한 낙이었다. 너무 열심히 연습한 탓일까? 오른쪽 팔꿈치가 지난주부터 욱신욱신 쑤셨다. 지난달엔 갈비뼈에 실금이 가기도 했었다.

여느 점심 시간과 마찬가지로 식당 내부에는 빈 테이블이 없이 붐볐지만 평소와 다른 모습은 있다면 앉아서 음식을 먹고 있는 사람들이건 아니면 음식을 기다리는 사람들이건 모두의 시선은 하나같이 벽에 걸려 있는 TV로 쏠려 있다는 것이었다.

이 대리는 짬뽕을 시키고 정 과장이 답이 없자 바로 TV에서 나오고 있는 '국제 핫이슈'로 눈길을 돌렸다. 갑자기 이 대리의 질문이 생각났는지 정 과장은 핸드폰을 보다 고개를 들어 이 대리를 쳐다봤다. 하지만 질문을 한 이 대리도, 식당의 모든 사람들의 시선이 일제히 TV로 향해 있는 것을 파악한 정 과장은 이 대리의 질문에 대한 대답 대신에 자신도 모르게 TV 모니터로 눈길이 돌아갔다.

"…이것은 가히 놀라운 혁명입니다. 세계 과학계뿐 아니라 전 세계는 지금 극도의 흥분에 사로잡혀 있습니다. 과학자들은 1765년 제임스 와트가 발명한 증기 기관차에 의해 시작된 산업혁명과 1915년에 아인슈타인에 의해 발표된 상대성 이론을 통한 물리학 혁신, 그리고 20세기 초에 발견한 유전자 연구로 인한 인류 생물학 연구의 쾌거에 맞먹는, 아니 그 이상의 발명이라며 그야말로 초흥분 상태입니다. 드디어 인간이 동물과 자유로운 커뮤니케이션을 통해 동물의 생각과 삶을 이해하고 이를 통해 지금보다 발전된 인간과의 공생을 가능케 하는 세상이 도래했다고…"

"아! 저거? 제품 이름이 뭐였더라? M 뭐라고 하던데, 출시하면 당연히 사야 하지 않겠어? 유튜브 보니 동물 키우는 사람들은 모두 살 것 같던데."

정 과장은 식당의 모든 사람들처럼 TV 모니터에서 눈을 떼지 못하고 있는 이 대리에게 답변했다. 정 과장의 답변에 그제서야 이 대리는 정 과장을 쳐다봤다.

"그렇지 않아도 우리 번개에게 맨 먼저 뭐부터 물어볼까 생각도 해 봤지. 나는 번개에게 너도 여자 친구 만나고 싶냐고 물어볼 생각이야. 하하! 생각만 해도 재밌지 않아? 여자 친구, 하하."

정 과장이 크게 웃는 바람에 옆 테이블에 있는 여성 손님이 정 과장을 잠시 쳐다봤다.

"여자 친구요?"

이 대리는 역시나 늘 진지하지 못한 정 과장의 답변에 '딱 그 정도!'라는 표정이 지어졌다. 그러니 아직 혼자지….

"응, 이 대리도 잘 알겠지만 동물이 사람보다 훨씬 더 본능에 충실하잖아. 그니까 우리 번개도 얼마나 짝을 만나고 싶겠어? 인간처럼 뭐 만나는 앱도 없고 그렇다고 주인이 아니면 다른 동물 만날 기회도 없잖아? 그러니까 얼마나 답답하고 미치겠어? 난 그걸 해결해 주고 싶네, 하하."

이 대리는 정 과장이 오늘따라 더 한심해 보였다.

"네, 생각해 보니 과장님 말씀이 맞네요. 우리가 동물의 마음을 몰라서 그렇지, 얼마나 그러고 싶겠어요? 번개가 과장님한테

자기도 여친 만나게 해 달라고 하면… 하하! 생각해 보지 못했는데, 생각해 보니 재밌겠네요."

이 대리는 직장 상사이기에 어쩔 수 없이 맞장구를 쳐 준다 하는 그런 심정이었다. 이놈의 직장 생활….

"하하! 그치? 내 말 맞지? 생각만 해도 웃기고 재밌네. 근데 저거 얼마쯤 할까? 이 대리, 저거 얼마쯤 한다고 해? 혹시 들은 거 있어?"

정 과장은 급한 성격대로 주문한 음식이 나오기도 전에 단무지 3개와 양파 한 조각을 집어 먹으며 번개와의 대화를 상상하는 듯 신나 보였다. 최근 몇 개월 동안 본 정 과장의 모습에서 잠시라도 골프를 잊은 듯한 모습은 처음이었다. 회사에서 이 대리는 전혀 관심도 없는 골프 이야기를 정 과장은 수시로 와서 하곤 했다.

"아뇨, 가격에 대해서 저도 들은 건 없어요. 그래도 꽤 비싸지 않을까요? 사람과 동물이 소통할 수 있게 해 주는 기계인데 그래도 최소 몇백은 하지 않을까요?"

가격에 대해서는 SNS상에서도 사람들이 얼마다, 얼마일 것이다 예상하는 이야기가 엄청 많긴 했다.

"그러겠지? 꽤 비쌀 거 같지? 몇백이라…. 음 하지만 사람과 동물이 말이 통한다고 하니 얼마나 대단한 발명품이야. 당연히 비쌀 것이지만 그래도 동물 키우는 사람들이면 하나씩은 사야 하지 않겠어?"

짠돌이라고 소문난 정 과장이 자신의 개와 소통하기 위해 몇 백을 쓴다고 허세를 떠는 모습으로 보였으나 진짜 살 것만 같은 그런 분위기는 맞았다.

"네, 비쌀 거 같아요. 근데, 어떻게 저런 것을 만들었을까요? 이 제 인간이 과연 못 만드는 것이 뭐가 있을까 생각이 들 정도예요. 설마 나중에는 식물하고도 대화를 한다고 하지 않을까요?"

최근 몇 년간에 이루어지고 발표된 과학의 발전과 속도에 많은 사람들이 놀라움과 두려움을 느끼는 건 사실이었다.

"지금 나오고 있는 AI 기술들과 관련된 기사를 보면 정말 못 만드는 것이 없을 거 같긴 해. 어휴, 이런 시대에 난 이게 뭐냐 싶네. 나이 사십이 넘어서도 맨날 중국집에 와서 볶음밥이나 먹지 않나… 하하."

정 과장이 여지없이 신세 타령을 했다. 그래서인지 이번에는 웃음소리가 그답지 않게 왠지 작게 느껴졌다.

"왜요, 과장님이 뭐 어때서요?"

이 대리는 정 과장의 신세 타령이 또 시작되는가 하면서 단무지를 냉큼 집어 먹었다.

"우리처럼 평범한 직장인들은 저런 과학의 발달에 빨리 적응해야만 앞으로도 살아남을 수 있다고 하던데…. 이 대리도 요즘 트렌드 놓치지 말고 공부 열심히 하라고. 따라가야 해. 난 늦었어. 머리도 안 돌고. 하하."

계면쩍은 정 과장의 웃음이었다.

"늦긴요…. 저는 그저 뭐든지 개발되어 나오는 제품이나 기술을 사용해 보는 것으로도 충분히 만족합니다. 잘 만들어 놓은 문명의 혜택들을 잘 누리는 것이 저의 살아남기 계획입니다. 누려야지요."

"이 대리 여친 이름이 뭐였더라?"

주문한 볶음밥이 나오자마자 짜장 소스와 비비면서 한입 가득 먹은 정 과장이 뜬금없는 질문을 했다.

"지민입니다, 김지민."

"맞다! 지민 씨. 아이, 참 나… 난 도통 사람 이름을 잘 기억을 못 해. 나이 들면서 더 그러는 거 같아. 사람 이름 잘 기억하는 사람들, 늘 신기해. 지민 씨도 강아지 기른다고 하지 않았나?"

"네, 기르고 있어요."

강아지 키우냐는 저 질문은 지난달에 이어 이번 달까지 3번째 똑같은 질문이었다.

"그럼, 이 대리도 여친에게 저거 한번 선물로 사 줘 봐. 개 키우는 사람들은 다들 너무 갖고 싶어할 듯한데. 생각만 해도 정말 대박 제품이야. 저것이야말로 인간이 만들 수 있는 제품 중에서는 아마 최고일 거야."

정 과장은 볶음밥을 먹다 말고 엄지손가락을 치켜들었다.

"네, 그렇지 않아도 얼마 전부터 저거에 대해서 여친과 이야기 많이 하고 있어요. 출시하면 가격 알아보고 한번 생각해 보려고요. 동물과 대화를 하다니, 이건 신의 영역인데요."

대학에서 국어국문학을 전공한 이 대리로서는 아무리 생각해도 신만이 할 수 있는 그런 엄청난 능력이었다. 동물과 말이 통한다니….

"그렇지! 정말 대단해. 저거 만든 사람은 노벨상 감인데, 노벨 무슨 상을 줘야 하지?"

정 과장은 연신 엄지손가락을 치켜들고 고개를 끄덕였다.

"인간과 동물이 함께 더 잘 살자고 만든 거니까 노벨 평화상은 받아야 할 거 같은데요."

이 대리 옆에 앉아서 말없이 짜장면을 먹던 구서희는 말없이 두 사람의 대화를 듣다가 핸드폰으로 인터넷 기사를 뒤덮고 있는 'MLF(My Lovely Friend!) : 동물과의 커뮤니케이션 장치' 뉴스를 보면서 정 과장에게 대답했다.

그녀는 입사한 지 한 달밖에 되지 않은 신입 사원으로 사무실에서나 식당에서나 상사들의 이야기에 귀를 쫑긋 세우고 들어야 하는 그런 시기였다. 상사들 이야기하는 데 끼어들지 않고 조용히 이야기 듣다가 누군가가 물으면 답변하는 것이 딱 적당한 그런 사회 초년병 시기였다.

"응? 노벨 평화상? 거 말 되네. 어쨌든 대단해…! 이건 신의 영역이야."

정 과장은 그새 볶음밥을 거의 다 먹었다. 번개야, 기다려라! 네가 원하는 예쁜 여자 친구 만들어 주마! 하하하!

신성물산 직원들이 점심을 먹는 도중에도 화젯거리는 단연 한 달 전 미국의 IT 기업인 WWW!(What a Wonderful World! : 얼마나 위대한 세상인가!)가 개발한 MLF였다. WWW!의 발표문에 따르면 MLF는 지난 15년간 막대한 투자와 끝없는 연구로 개발한 혁신적인 기계장치로 MLF를 통해서 개, 고양이처럼 비교적 사람과 가까운 동물과의 자유로운 커뮤니케이션이 가능하다는 것이었다.

다만 곧 출시될 MLF의 버전과 기술로는 쌍방 소통보다는 인간으로부터 동물에게 의사와 명령을 전달하는 기능이 대부분이지만 향후 5년 안에는 동물의 언어를 인간에게 인간의 언어로 전달할 수 있는 장치를 추가로 개발해서 출시할 계획이라고 했다. 이번에 출시하는 MLF-V1에 이어서 나오는 MLF-V2를 통해 동물들의 언어를 해석하고 인간의 언어로 변환하는 연구가 동시에 진행 중이라고 발표했다.

WWW!는 몇 마리 개와 MLF를 통한 소통으로 개의 행동에 영향을 주는 동영상들을 유튜브에 올렸고, 그 동영상들은 일주일 만에 조회수가 무려 5억 뷰가 넘어가는 그런 상황이었다. 동영상에서는 실험 대상인 5마리의 개들에게 각각 MLF 칩이 심어졌고 각각의 개 주인들이 MLF의 소형 마이크에다 거실에 있는 가지각색의 물건을 물고 오라고 명령했다. 개들은 주인들의 말이 떨어지자마자 해당 물건을 물고 주인들에게 가지고 왔지만 잘 훈련된 개라면 충분히 할 수 있는 그 정도의 행동이라는 생각이 드는 그런 수준이었다.

하지만 이후의 동영상은 너무나도 놀라운 내용이었고 일찍이 보지 못한 상상할 수 없는 장면들이었다. 실험에 참가시킨 개 5마리에게 일렬로 서 있으라고 명령이 내려지자 개들이 마치 군인처럼 한 줄로 쭉 서는 모습이라든지 주인이 시키는 지시 사항에 싫고 좋음을 고개를 끄덕이면서 인간처럼 자신들의 감정을 행동으로 표현하는 모습들은 믿기 쉽지 않은 영상들이었다.

"Hand!(손!)"이라고 하자 어떤 개는 고개를 절레절레 흔들면서 싫다는 감정을 표현하면서 손을 내밀지 않았고 주인이 "Do you love me?(나를 사랑해?)"라고 하자 개들 모두가 동의하는 눈빛과 함께 고개를 위아래로 끄덕이는 것은 보는 이들로 하여금 눈을 의심하게 만들기에 충분했다. 조작된 영상이라고 댓글을 수도 없이 올리게 하기에 충분한 영상이었다.

하지만 실험에 참가한 개들이 정말로 인간의 언어를 알아듣는 그런 진지한 표정을 짓고 있었다는 것은 누구나 알 수 있었다. 심지어는 한 주인이 자신의 개에게 "You seem to be uncomfortable and sick these days, are you sick?(요즘 불편하고 아픈 거 같던데, 어디 아픈 거야?)"라고 묻자 개는 잠시 생각에 잠기는 표정을 짓고서 고개를 끄덕이며 자신의 왼쪽 다리를 들어 보였다. 다리가 아프다는 것을 주인에게 알리는 믿을 수 없는 행동이었다.

5~6세 어린아이와 대화하는 정도의 수준으로 개들이 주인들의 이야기를 정확하게 알아듣고 행동으로 따르거나 자신의 감정을 몸짓으로 표현하는 동영상에 전 세계 반응은 상상 그 이상이었다. 조작이다, 사기다, 믿을 수 없다, 혁명적이다 등등 반응은 제각각이었지만 대체적으로는 MLF의 과학 기술에 놀라고 제품 출시를 몹시도 기다리는 느낌은 동일했다. 신기술이 가지고 올 세상의 변화는 많은 사람들의 궁금증의 대상이었다.

"이 대리도 지금 개 키우잖아? 뭐였지?"

정 과장이 매워서 헉헉대는 이 대리를 보면서 물었다. 이 대리는 얼얼한 혀를 조금이라도 식힐 요량으로 혀를 내밀고 있지만 눈은 여전히 TV에서 못 떼고 있었다.

'대리님은 저러면서 왜 늘 매운 것을 드시지…? 차라리 내가 더 잘 먹겠다.'

구서희는 이 대리 앞으로 물 컵을 살며시 밀어 주었다.

"아, 네. 저 불독 키워요. 5살이고 수놈이에요. 어휴, 오늘따라 짬뽕이 왜 이리 맵죠? 하아…."

이 대리는 혀가 얼얼한지 입을 제대로 다물지도 못하고 연신 '하아, 하아' 하면서 대답했다.

"그럼, 이 대리님은 저 기계 사시면 강아지랑 뭐부터 하고 싶으세요? 뭐 물어보고 싶은 거 있으세요?"

얌전히 있던 구서희가 나서서 물었다.

"응, 나도 유튜브 동영상 보고 나니 계속 그 생각이 나더라구. 우리 타이거한테 무슨 말부터 해야 하나…. 아휴… 오늘 짬뽕 왜 이렇게 매운 거야…. 저 유튜브 동영상 거의 30번도 넘게 돌려 봤거든."

"이 대리, 개 이름이 타이거야?"

옆 테이블에 앉아서 회계팀과 식사를 하던 총무팀의 김준서 차장이 물었다. 정 과장의 목소리가 하도 커서인지 이쪽 테이블의 이야기가 아까부터 들렸던 모양이었다.

"아, 네, 차장님. 타이거 맞습니다. 저는 타이거에게 '나랑 살아서 행복해?'라고 묻고 싶더라구요. 진짜 행복한지 궁금해서요.

타이거가 2살 때 데리고 왔거든요."

이 대리가 입술에 묻은 짬뽕 국물을 혀로 핥으며 멋쩍은 듯 헤헤 하며 웃었다.

"행복? 개들이 행복이라는 단어를 과연 알까?"

김 차장은 어이가 없다는 식으로 이 대리에게 반문했다.

"뭐, 정확하게 행복이란 단어를 쓰진 않겠지만 좋아, 안 좋아 이 정도는 하지 않을까요? 동영상 보면 좋다, 싫다를 고개를 흔들면서 정확하게 표현하더라구요."

이 대리가 콜라를 마시면서 대답했다.

"나는 저 기계 도저히 안 믿겨져. 어떻게 동물이 사람의 언어를 이해하고 사용하겠어? 그게 말이 되나? 저 기계가 뭐 신이야? 내가 보기엔 저거 다 가짜야. 다 개뻥이고 다 마케팅이야. 그리고 저러면 안 돼. 사람이랑 동물이 말이 통하는 세상이 오면 그게 정상이야? 난 그건 진짜 아니라고 생각해."

김 차장은 이 대리 보란 듯이 서비스로 나온 짬뽕 국물을 그릇째 들이켰다. 김 차장과 같은 테이블에 앉아서 식사를 하던 회계팀 직원들 역시 김 차장의 강한 의견에 동의를 하는 듯이 고개를 끄덕이고들 있었다. 마치 실험에 나온 개들처럼 잘 훈련된 것 같은 모습이었다.

구서희는 상사들의 대화를 지켜보면서 퇴근 후 집에 가서 샤넬과 무엇을 하면서 놀까 생각을 하고 있었다.

　그녀는 샤넬만 생각하면 기분이 좋아지고 행복해졌다. 대전에서 부모님과 살다가 서울로 이사 와서 자취를 한 지가 이제 2년째이다. 서울로 취업하는 바람에 어쩔 수 없이 부모님과 떨어져 살게 되었고, 그래서 가끔씩 밀려오는 외로움과 적막함을 이겨 보려고 3개월 전에 샤넬을 애완숍에서 입양을 했다. 당시는 직장을 그만두고 잠시 쉬는 기간이었기에 하루 종일 샤넬과 함께 있을 수 있었다. 모아 둔 돈이 적어서 이것저것 하면서 살기에 충분치는 않았고 앞으로의 벌이를 생각하면 더 아껴야 하는 상황이었지만 애완숍에 가서 샤넬을 보는 순간, 도저히 안 데리고 올 수가 없었다. 당연히 시골에 계신 부모님한테는 비밀이었다. 나중에 보시게 되면 그때는 뭐 어떻게 못 하시겠지…. 2개월 동안은 늘 함께 있어서 그런지 회사에 취업하고 초반에는 샤넬을 두고 출근하려니 발이 떨어지지 않았다. 그래도 그나마 지금은 적응이 되어 마음이 조금 나아지긴 했지만 퇴근 시간이 가까워지면 자신도 모르게 엉덩이가 들썩거리고 핸드폰으로 시계만 보게 되었다.

　'얼른 가서 샤넬과 놀아 줘야지! 하루 종일 샤넬은 혼자 있고, 얼마나 불쌍해? 엄마도 없고 친구도 없는데 하루 종일 얼마나 심심하고 외로울까? 난 MLF 나오면 1등으로 살 거야!'

이미 구서희는 샤넬에게 물어볼 질문 리스트를 매일 밤 정리하고 있었다.

* * * * * * * * * *

대한민국, 아니 온 세계가 MLF 개발과 출시 발표로 인해 온통 들썩이는 지난 한 달이었다. 개와 소통하는 동영상은 그새 조회 수가 폭발해서 곧 10억 뷰를 돌파할 기세였다. WWW!는 개들이 어떻게 인간의 언어를 듣고, 이해하고, 움직이는지를 보여 주는 실험 동영상을 하루에도 최소 2개씩은 업로드했다. 네티즌들은 동영상이 나오자마자 그 동영상과 관련되어 해설하는 다른 동영상을 제작해서 배포하였고 누구나 예상했듯이 MLF 출시는 전 세계의 가장 큰 이슈가 되었다. 심지어는 몇 개국이 현재 전쟁 중이었고 지진이나 기후 이상으로 지구 여러 곳이 매우 힘든 상황이었지만 MLF는 블랙홀인 듯, 모든 뉴스를 빨아들이고 있었다.

MLF를 출시하려고 하는 WWW!의 강력하면서 치밀한 마케팅에 전 세계의 이목이 집중되니 가격이 책정되지도 않았는데 사전 예약 주문이 거의 500만 개에 육박한다는 출처 모를 기사도 있었다. WWW!의 주가가 연일 오르고 있는 것은 이제 뉴스거리도 아니었고 이미 2024년 기준으로 전 세계의 반려동물 규모가 5

억 마리를 넘어섰고 한국에서도 반려동물을 기르는 가구가 지속적으로 늘어나는 상황이었기에 MLF의 등장이 핫이슈가 아닐 수 없었다.

MLF가 출시만 되면 그 매출 규모와 이와 관련된 산업의 성장은 상상을 초월하기 어려울 정도였다. 발빠르게 MLF 칩을 장착한 반려동물만 들어갈 수 있는 카페들도 이미 생겨나기 시작했고, MLF와 관련된 캐릭터, 영화, 소설 등도 각 산업에서 준비되고 있다는 기사들이 쏟아지고 있었다. WWW!의 발표 이후 보통의 뉴스는 화제도 되지 않고 온통 MLF의 출시와 관련된 기사만이 세상의 모든 뉴스를 뒤덮고 있었다.

이 대리는 퇴근 후 유튜브에서 하는 '갈가토론'을 핸드폰으로 보고 있었다. '갈 데까지 가면서 토론해 보자'는 말을 줄여 '갈가토론'이라고 하는 일종의 예능 프로그램으로 구독자가 200만 명이 넘는 대형 유튜브 프로그램이었다. 유명 개그맨과 시사채널 진행자 둘이서 세상의 각종 이슈를 다루면서 패널로 방송인, 정치인, 경제인, 과학자, 교수 등을 초청해서 토론배틀을 벌이는 형식이었다. 몇 주 전부터 토론 주제는 단연 MLF였고 오늘도 역시 MLF가 주제였다.

"저는 말이죠. MLF가 우리가 지켜 가야 할 생태계를 부정하는 정말 위험한 시도와 제품이라고 생각합니다. 아니죠, 시도는 이미 했고 이제 곧 나온다고 하니 솔직히 너무나 많이 우려스럽습니다."

대학에서 인문학을 가르치고 있는 김지훈 교수가 상대방 패널로 나온 영화배우 박희영을 보면서 걱정스러운 눈빛으로 자신의 의견을 말하고 있었다.

"왜죠? 저는 제 강아지들과 더 많은 이야기를 하고 싶은데요? 그럼 제 강아지들에게 뭐가 필요한지, 어디가 아픈지 바로 알고, 필요한 거 사다 주고 병원에 가서 치료도 할 수 있잖아요. 서로에게 얼마나 필요하고 좋겠어요? 교수님은 동영상 안 보셨어요? 강아지가 어디 아픈지 바로 알려 주는 거 못 보셨어요?"

영화배우 박희영은 김 교수가 MLF 출시를 반대하는 여론 몰이를 하는 것을 알고 있었기에 얼굴이 붉으락푸르락할 정도로 격앙되어 있었다. 그녀는 온 국민이 알 정도로 유명한 동물 애호가이기도 했다.

"박희영 씨, 흥분을 잠시 가라앉히시고요. 제가 출시를 반대한다고 해도 WWW!에서 출시를 하지 않겠습니까? 제가 뭐라고 WWW!에서 제 이야기를 듣고 출시를 하지 않겠습니까? 전 아무힘도 없는 그냥 평범한 한 시민입니다. 흥분하지 마시구요. 그럼, 약간 다른 논점인데요. 인간이 동물과 소통이 가능하게끔 하려고 하는 근본적인 이유가 뭐라고 생각하시나요?"

홍분하지 말라고 한 김 교수도 약간은 톤이 높아져 있었다.

"먼저요, 저는 홍분하지 않았고요, 교수님. 이유요? 그야 동물들에게 더 도움이 되게끔 하려는 거죠. 당연한 거 아니겠어요? 방금 말씀드렸듯이, 어디가 아픈지 알게 되고 그래서 바로 치료를 할 수 있다면 동물들에게 얼마나 큰 도움이 되겠어요? 이건 좀 다른 이야기인데요. 왜 우리 인간이 동물들 위에 존재해야 하려는지 저는 모르겠더라고요. 전 인간이건 동물이건 평등하다고 생각해요. 크게 보면 우리도 동물이잖아요, 아닌가요?"

방송에서도 나왔듯이 그녀는 3마리의 유기견을 데려다 키우고 있었고 동물의 권리에 관심이 많아서 동물의 권리 회복을 위한 1인 시위도 자주 했다.

"인간과 동물이 소통을 하게끔 하는 건 그건 인간이 신의 영역에 도전하는 것이 아닌가 생각합니다. 그리고 무슨 그런 말씀이 있나요? 인간이 동물인 것은 맞지만 엄연히 인간은 만물의 영장이라고 명명이 되어 있고요, 인간이 동물과 구별되어 이뤄 놓은 것들로 인해 구분됨이 분명한데, 어찌 인간과 동물이 평등할 수가 있겠습니까? 무슨 말씀이신지는 알겠지만 현 상황에서 인간과 동물은 절대 평등해질 수가 없어요. 지금까지의 역사가 보여 주듯이 인간과 동물이 평등해지는 건 불가능하다 생각합니다."

김 교수는 말을 계속 이어 갔다.

"비단 언어뿐 아니라 명확하게 구분 지어져 있는 인간과 동물의 경계를 뛰어넘어 인간이 신처럼 뭐든지 할 수 있다고 믿고, 그나마 남아 있는 동물들의 권한까지 빼앗아 동물을 완벽하게 지배하려는 것이 아닐까요? 박희영 배우님은 MLF 속에 그런 의도가 숨겨져 있다고 설마 한 번도 생각해 보지 않으신 건 아니겠지요?"

김 교수가 듣고만 있는 박희영에게 물었다.

"저는 전혀 그런 생각해 본 적 없고요. 단 한 번도요. 그런데 교수님은 동물들과 소통을 하고, 그들을 편하게 해 주고 싶다는 것이 어떻게 신의 영역이라고 생각하시나요? 그렇다면 우리가 알고 있는 신이 그런 걸 하시나요? 신이 동물과 소통을 하고 있으신 것을 어떻게 증명하시는데요?"

둘의 팽팽한 토론에 이 대리는 매우 흥미진진해졌다. 이 대리는 얌전히 곁에 앉아 있는 타이거의 머리를 한 번 쓰다듬었다. '난 신의 영역 이런 건 잘 모르겠고 MLF 출시되면 너무 좋을 거 같은데' 하고 이 대리는 생각했다.

"신이 그런 역할을 하시는지는 저는 모르죠. 제가 어떻게 그것을 압니까? 하지만 적어도 인간과 동물의 언어가 구분되어 있는 어떤 이유가 있을 것이라고는 생각합니다."

김 교수는 안경을 제대로 고쳐 쓰면서 물을 마셨다. 난 기본적으로는 무신론자라고….

"교수님이 생각하시기에는 어떤 이유가 있을까요? 이건 또 좀 다른 질문인데요, 근데 왜 동물과 소통하는 것을 신의 영역이라고 하시죠? 교수님은 신이 그걸 정해 놓은 거라고 생각하시나요?"

"저는 인간과 동물을 구별 지어 놓게끔 만들어지고, 그에 따라서 맞는 수준으로 진화되었다고 생각합니다. 아예 다른 개체이기에 인간과 동물이 다른 방향으로 환경에 맞게끔 진화되었다고 믿고 있습니다. 그리고 인간과 동물을 구별 짓는 가장 큰 특징이 여러 개 있지만 그 첫 번째가 저는 언어와 문화라고 생각합니다. 그래서 언어가 그렇게 중요한 것입니다. 근데 그것을 통합하려고 하다니요."

"그럼, 교수님. 인간과 동물의 차이가 언어와 문화에 있다고 방금 말씀하셨는데, 그 이외에는 어떤 것이 있을까요?"

'갈가토론'에서 개그맨 박현호와 공동 사회를 맡고 있는 시사 채널 진행자 우정진이 물었다.

"아, 네. 여러 가지가 있겠죠. 인간과 동물을 구별 짓는 특징에는 언어와 문화 이외에도 윤리와 도덕이라는 것이 있을 수 있겠습니다. 보통 인간이 동물보다 높은 윤리적 감각을 가지고 있다는 주장도 있습니다만 전 크게 거기에는 동의하지 않습니다. 그건 그동안의 우리 인간의 역사가 증명하고 있죠. 허접한 사상과 타락한 종교에 의해 수없이 많은 사람들이 희생된 것을 인간이

가진 높은 윤리 의식이라고는 할 수가 없습니다. 그리고 인간과 동물의 차이점으로… 음… 자아의식과 예술도 들 수 있겠고, 기술과 과학 역시 인간만이 가지고 있는 동물과의 차이점이라고 말씀드릴 수 있겠네요. 저는 MLF의 출시가 우리 인간이 동물들과의 완벽한 소통을 통해 동물들에게 도움을 주려고만 하는 것일까 하는 의구심을 여전히 가지고 있습니다. 우리 인간이 그렇게 선하지 않거든요."

김 교수는 알려지기는 무신론자였으나 중간중간에 신을 언급하는 바람에 박현호와 우정진은 고개를 갸우뚱했다. 박희영이 말을 하기 시작했다.

"저는 인간과 동물의 차이, 신의 영역 뭐 그런 알 수도 없고 증명도 안 되는 어려운 내용에 대해서는 전혀 관심이 없고요, 제가 그런 걸 판단하고 말할 위치도 아니라고 생각합니다. 저는 MLF가 우선 제가 키우고 있는 강아지들에게 도움이 될 거 같다는 생각만이 드네요. 그래서 전 너무나 그 제품이 기다려지고 필요합니다."

박희영은 동물보호단체의 멤버로 여러 활동을 하고도 있었다.

"단도직입적으로 제 생각을 말씀드리자면, 인간이 동물과 자유로운 소통을 한다는 것은 모든 면에서 절대우위에 있는 인간이 동물을 지배하려는 목적과 야욕이 있다고 생각합니다."

김 교수가 눈에 힘을 주면서 사회자들과 박희영을 쳐다보며 말했다.

"무슨 지배요? 어떤 지배요?"

여배우는 눈을 동그랗게 뜨고 반문했다.

"당연한 거 아니겠어요?"

'그걸 어찌 모르지?' 하는 표정의 김 교수였다.

"뭐가 당연한 것인지 전 전혀 모르겠어요. 그리고 왜 인간이 동물들에게 절대우위라고 계속 말씀하시는지도 솔직히 모르겠어요. 교수님이 동물을 키워 보지 않으셔서 그러시는 거 같은데, 우리가 동물에게 얼마나 배울 점이 많은데요."

"박희영 씨, 그런 의미에서의 절대우위가 아니라는 점, 잘 아시잖습니까? 제가 동물을 키워 보진 않았지만 저도 압니다. 동물들에게도 배울 점들이 있다는 거, 알고 있습니다!"

김 교수의 높아진 목소리 톤으로 그가 흥분한 것을 누구나 알아챌 수 있었다.

"교수님, 동물에게서 인간은 과연 무엇을 배울 수 있을까요?"

사회자 박현호가 두 사람의 흥분도가 조금 심해지는 이때다 싶어 김 교수에게 질문했다.

"아, 많죠. 동물들이 자연과의 조화를 유지하려고 하는 본성이라든지, 아니면 자연환경과 다양한 상황에 대처하기 위한 진화된 뛰어난 적응력과 융통성 등 매우 많다고 생각합니다."

"그건 교수님이 동물의 단편성만 보신 것입니다. 얼마나 많은데요, 적어도 인간처럼 누굴 배신하거나 사기 치거나 쓸데 없는 이념과 종교 때문에 교수님이 말씀하셨듯 무고한 사람들을 죽이거나 괴롭히지는 않잖아요."

박희영이 덧붙였다.

"아! 그건 저도 100프로 동의합니다. 동물들만이 가지고 있는 생명의 소중함을 중요시하는 본능적 행동 등과 인내와 참을성 등은 우리 인간들이 배울 만한 것들이라 생각합니다. 그럼에도 불구하고 저는 인간이 동물들과 소통이 완전히 가능해지는 날, 그건 동물들의 재앙, 아니 인류의 재앙이라 생각합니다. 인류의 마지막이라고 생각합니다!"

김 교수는 다시 흥분하면서 자신의 의견을 이어 나갔다.

"교수님. 인류의 마지막이라뇨…? 너무 극단으로 가시는 거 아닌가요? 어떤 재앙과 마지막을 말씀하시는 건가요?"

듣고 있던 진행자 박현호가 물었다.

"현호 씨, 생각해 보세요. 인간과 동물이 소통을 한다는 것은 단지 그것으로만 끝나는, 그렇게 단순하게 생각할 일이 절대 아닙니다. 그건 결국 동물과 동물들끼리도 소통을 하게 된다는 것을 뜻한다고 저는 생각합니다."

"교수님, 지금도 같은 동물끼리는 뭐 우리가 모르는 동물의 언어지만 자기들끼리도 소통을 하고 있지 않나요?"

박현호가 고개를 갸우뚱하며 질문했다.

"그 소통이라는 것이… 인간처럼 언어가 발달하지 않기에 보통 본인들의 감정과 본능만을 표현하는 정도죠…. 근데 인간과 소통하면서 인간의 언어를 배우게 되면 당연이 동물들도 지금보다는 지능이 높아지게 됩니다… 그럼, 그때는…."

이 대리는 타이거의 머리를 연신 쓰다듬으며 이들의 토론배틀의 결말이 어찌될지 더욱 흥미진진함을 느꼈다. 타이거는 이 대리의 손길이 좋고 편안한지 송곳니가 다 드러나도록 크게 하품을 했다. 타이거의 송곳니는 제법 크고 날카로워 보였다. 이제 5살이지만 인간의 나이로 치면 이제 청년이기에 혈기 왕성한 한창인 나이였다. 와… 저 이빨에 물리면 죽을 수도 있겠다 싶었다….

"오빠, 이제 밥 먹자. 배고프다. 얼른 밥 시키자."

동거한 지 6개월에 들어가는 지민이가 퇴근 후 세안을 하고 욕실에서 나왔다.

'우리 결혼 전에 동거하고 있습니다'라고 주변인들에게 말을 하진 않았지만 회사 사람들만 모르고 이미 알 만한 지인들은 다 알고 있었다.

회사 사람들은 이 대리와 이 대리의 여자 친구가 따로 살면서 둘 다 모두 개를 각각 키우고 있다 생각했지만 사실 키우고 있는 개는 타이거 한 마리였다. 타이거는 이 대리가 혼자서 지난 3년간 키운 개였다.

"응, 그래, 그러자. 그나저나 오늘 갈가토론 진짜 재밌다."

이 대리는 유튜브를 정지시키고 핸드폰에서 배달 앱을 클릭했다.

"그래? 재밌어? 그건 그렇고, 오늘은 뭐 먹을까?"

지민은 편안한 파자마 차림으로 마룻바닥에 앉아서 타이거의 머리를 쓰다듬었다. 타이거도 좋은지 가만히 앉아서 연신 하품을 해 댔다.

"치맥하자. 나 오늘 술 한잔하고 싶다. 회사에서 스트레스 좀 받았거든. 알잖아? 요즘 경기도 안 좋고 회사 분위기도 안 좋고. 아주 힘들다, 힘들어."

"치맥?"

치맥이라는 이 대리의 제안에 지민의 눈이 번쩍 떠졌다.

"응, 간만에 우리 치맥하자. 어차피 내일 주말이고 회사도 안 가니 오늘 우리 맥주 좀 마시자. 맥주 먹고 스트레스 좀 풀자. 둘이서, 아니지! 우리 타이거까지 셋이서 불금하자, 흐흐."

이 대리는 타이거를 연신 쓰다듬고 있었다. 무슨 말인지는 모르겠으나 자신의 머리를 계속 쓰다듬어 주니 타이거도 편한 표정이었다.

"그러자. 치맥 시켜 먹자, 오빠."

이 대리는 배달 앱을 통해 치맥을 주문했다.

"어이구, 우리 멋진 타이거. 얼른 저 MLF가 나와서 나도 타이거랑 대화하고 싶네. 타이거가 무슨 생각을 하고 사는지 너무너무 궁금하다."

"오빠는 그 기계가 나오면 진짜 살 거야?"

"당연히 사야 되지 않겠어? 난 타이거랑 이야기 좀 하고 싶은데. 너무 재밌을 거 같아. 지민아, 너도 생각해 봐. 우리랑 같이 살고 있는 타이거가 우리랑 조금이라도 소통을 하게 된다면 얼마나 좋겠어?"

"난 조금 무서울 거 같은데?"

타이거는 자신의 이름이 나와서인지 귀를 쫑긋하면서 이 대리와 지민을 번갈아 가며 쳐다보고 있었다.

"왜, 뭐가 무서워? 타이거가 너한테 뭐라고 할 거 같아? 왜 우리 형이랑 사냐고? 하하!"

타이거는 여전히 무표정하게 두 사람을 쳐다보고 있었다.

"아니, 그건 아닌데…. 우리가 하는 말을 타이거가 다 알아듣고 이해한다고 생각하면 왠지 무서워서 난 지금이 더 좋은 거 같아. 생각해 봐. 우리가 속삭이는 거, 누구 욕하는 거, 비밀스러운 거 타이거가 다 듣는다고 생각해 봐."

"뭐 그럴 수도 있겠네…. 하하. 그럼 그때부턴 남 욕하지 말자. 우리 좀 착해지겠다, 하하."

"그리고 만약에 타이거가 우리가 하는 말을 알아듣고, 맘에 들지 않는다고 대들고 그러면 어떡해?"

지민은 무표정하게 자신들을 쳐다보고 있는 타이거의 등을 어루만지면서 말했다.

"타이거가 대든다고? 근데, 뭐 그럴 일이 있겠어?"

"누가 알아? 뭔 일이 생길지?"

지민은 MLF의 출시와 그 기능에 대해 걱정스러운 표정을 짓고 있었다.

"내 생각에는 저 MLF도 어느 정도 한계가 있을 거 같아. 그럴 거 같지 않아?"

이 대리는 타이거가 혹시나 자신들에게 반항을 할 수도 있다는 말이 꺼림직했는지 타이거의 눈을 지긋이 바라보면서 말했다.

지민이 이 대리를 쳐다봤다.

"아무리 저 제품이 완벽하고, 과학이 발달해도 동물이 복잡한 인간의 언어를 모두 알아듣게끔 하겠어? 동물이 우리 사람들의 말을 완벽하게 알아듣는 건 절대로 불가능할 거야."

"왜?"

지민이와 이 대리는 동시에 물끄러미 타이거를 쳐다봤다. 타이거는 마치 이미 인간의 언어를 알아듣고 있다는 그런 눈빛을 하고 있었다.

"생각해 봐. 인간의 언어가 얼마나 복잡해. 그리고 국가마다 언어가 다 다른데 과연 어떻게 다 알아들을 수 있게 하겠어. 지금의 AI 기술로도 모든 언어를 다 표현하는 데 어려움이 있을 듯한데 말이야. 이러한 복잡한 언어체계들을 어떤 기술로 번역하는지는 몰라도 그걸 동물이 이해할 수 있도록 하는 것이 과연 가능할까 싶어. 그건 그야말로 흔히 사람들이 이야기하는 신만이 할 수 있는 일이 아닌가?"

이 대리는 말을 이어 갔다.

"나는 그냥 내가 시키는 말들만 다 따라 주는 그 정도만 알아들어도 대박이라고 생각하는데. 타이거, 여기다 오줌 싸면 안 된다, 오줌은 반드시 화장실로 가서 싸야 한다, 산책할 때 다른 동물 보면 짖지 말고 그냥 지나쳐야 한다, 어디 아프거나 불편하면, 뭐 예를 들어 5번 짖어라 등 그런 말들만 정확하게 알아듣고 따라 준다면 얼마나 좋겠나 싶어."

"난 그래도 타이거가 우리 하는 말을 다 알아듣고 있다고 생각하면 좀 무서울 거 같은데…."

지민은 타이거가 자신들의 말을 알아듣는다는 것 자체가 아무래도 영 찝찝한 듯싶었다.

"그래도 다 정확하게 알아들을 순 없을 테니, 지민아 너무 심각하게 걱정하지 말자, 하하."

이 대리는 엉뚱하게도 지민이와 뜨거운 밤을 보내고 있는데 타이거가 달려와서 "그만해!"라고 소리 지르는 상상을 해 봤다. 이 대리는 웃음이 나왔다.

"지민아, 타이거가 우리 말 알아듣기 전에, 그리고 치킨이 오기 전에 빨리 우리 한 번 하자, 크크."

이 대리는 지민을 번쩍 안아서 안방 침대로 향했다.

"어머머! 뭐야, 갑자기. 치킨 오면 어쩌라고."

"치킨은 문 밖에다 두고 가니까 그건 우리 알 바 아니고 난 일단 한 번 해야겠어!"

타이거는 이 대리가 지민을 번쩍 안고 침대 위로 엎어지는 행동을 물끄러미 쳐다보고 있었다.

* * * * * * * * * *

"The MLF would establish a new relationship between human and animals, what does this relationship entail?"

(MLF가 인간과 동물과의 새로운 관계를 정립할 것이라고 했는데, 어떤 관계를 의미하는지요?)

"The most idealistic and forward-looking relationship we want to have with human and animals is none other than… coexistence."

(우리가 원하는 가장 이상적이고 나아가고자 하는 인간과 동물의 관계는 바로… 공생입니다.)

"Can a truly coexistence relationship be established if animals could accurately comprehend and understand human language? Could there be an underlying intention for human to exercise even greater dominion over animals?"

(동물이 인간의 언어를 정확하게 알아듣고 이해하면 과연 공생적인 관계가 성립될 수 있을까요? 인간이 동물을 좀 더 완벽하게 지배하고자 하는 의도가 있는 것은 아닐까요?)

"We never try to dominate animals. Of course, there may be some limitations to how much animals can understand our language, given their lack of written language, which makes it challenging to create new words. What we aspire to achieve is to live better lives together with them. This is because we value all life forms on Earth."

(우리는 절대로 동물을 지배하려고 하지 않습니다. 물론 동물이 우리의 언어를 알아듣는 데는 어느 정도 한계가 있을 것입니

다. 동물들은 문자가 없기에 새로운 단어를 창조한다고 생각하지 않기 때문입니다. 우리가 원하는 것은 그들과 함께 더 나은 삶을 사는 것입니다. 지구상의 모든 생명체는 소중하기 때문입니다.)

"I also believe that if animals were to accurately comprehend human language and obediently follow commands, there is a concern that they could be utilized as tools in warfare, terrorism, or criminal activities. What are your thoughts on this aspect?"

(동물들이 인간의 언어를 정확하게 이해하고 시키는 대로 행동한다면 전쟁이나 테러 아니면 범죄의 도구로 이용될 수 있다고도 생각합니다. 그 부분에 대해서는 어떻게 생각하시는지요?)

"Even now, trained animals are working in various disaster situations. We aim to emphasize the positive aspects of this. While it is true that malicious individuals can intentionally misuse animals for criminal or terrorist activities, such incidents are happening even now. We would like to highlight the more positive and progressive aspects of the relationship between human and animals. We deeply respect the lives of animals."

(지금도 각종 재난 상황에서 훈련 받은 동물들이 활약하고 있습니다. 저희는 그런 긍정적인 면을 더 강조하고 있습니다. 물론

악한 사람들이 의도적으로 동물들을 범죄나 테러로 이용할 수 있다 생각하지만 그건 지금도 일어나는 일입니다. 좀 더 인간과 동물의 긍정적이고 발전적인 부분들을 강조하고 싶습니다. 우리는 동물의 삶을 존중합니다.)

"Have you ever considered the perspective of animals? Have you contemplated the idea that animals, by understanding human language, could potentially experience distress or sorrow?"

(혹시 동물들의 입장에서 생각해 보신 적은 있나요? 사람의 언어를 알아듣게 됨으로써 동물들이 괴롭거나 슬플 수 있다는 것은 생각해 보지 않았나요?)

"Our company, both at the inception of this project and at present, places a strong emphasis on considering the perspective of animals. We will continue to exercise vigilance in this regard. It is about exploring how human and animals can assist each other through effective communication. Our company will remain dedicated to addressing the questions you've raised."

(저희 회사가 이 프로젝트를 시작했을 때도 그렇고 지금도 마찬가지입니다. 저희는 동물들의 입장을 충분히 고려했고 앞으로도 더 신중할 것입니다. 그것은 어떻게 하면 인간과 동물이 원활한 커뮤니케이션을 통해서 서로의 존재에게 도움이 될 수 있

을까 하는 것입니다. 우리 회사는 질문하신 그 문제에 대해서는 계속 생각할 것입니다.)

"Are you aware that there are currently global demonstrations against the release of MLF?"

(혹시 지금 전 세계적으로 MLF 출시를 반대하는 데모가 일어나고 있다는 것을 아시고 있는지요?)

"Yes, I do."

(네, 알고 있습니다.)

"Is there anything you want to say to them?"

(그들에게 하고 싶으신 말이 있는지요?)

"I would like to start by saying that I fully understand what concerns they have. However, as previously mentioned, we are dedicated to pursuing a more harmonious relationship between human and animals through MLF. We will continue our research endeavors to address and prevent the issues that are causing apprehension."

(그분들이 어떤 고민과 걱정을 하고 있는지 충분히 알고 있다는 것을 먼저 이야기 드리고 싶습니다. 하지만 계속 말씀드렸듯이, 우리는 MLF를 통해서 인간과 동물의 더 멋진 조화를 추구합니다. 앞으로도 걱정하시고 계신 그런 문제들이 생기지 않도록

연구에 연구를 거듭할 것입니다.)

　MLF를 개발한 WWW!는 연일 기자회견을 개최하여 MLF의 개발 목적 그리고 활용 방향에 대해서 발표했고, 뉴스를 비롯한 각종 매체는 그에 대한 기사를 분석해서 방영하느라 정신들이 없었다. 언론들과 SNS상에서는 MLF 출시로 생길 수 있는 부작용 등을 보도하려고 했다. WWW!는 이를 방어하고 MLF의 장점을 부각시키려고 정치권, 언론들을 상대로 로비를 하며 제품 홍보 마케팅에 열을 올리고 있었지만 MLF가 출시되면 전 세계적으로 어마어마한 이슈가 되고 엄청나게 판매가 될 것이라는 것은 누구나 예측할 수 있었다. 구매를 하려고 사전에 주문한 예약자가 이미 1,000만 명을 넘었다는 믿기지 않는 뉴스도 있었다.

　WWW!가 발표한 MLF 제품은 그 기능과 역할에 비해 의외로 사용법이 매우 단순했다. 동물에게 심을 수 있는 MLF 칩과 주인이 사용하는 소형 MLF 마이크 하나였다. MLF 칩은 생각보다 동물들에게 장착이 쉽게 될 수 있었지만 소비자가 직접 하는 것은 아무래도 어렵고 실패할 수가 있기에 각 나라의 WWW! 서비스 센터를 찾아가면 무료로 칩 장착을 해 준다고 공식적으로 발표했다. 다만 WWW!의 최소한의 비용으로 운영하고자 하는 경영 방침에 따라 제품은 온라인 주문만 가능했고 MLF를 배달 받은 소비자는 직접 반려동물과 함께 각 국가의 WWW!의 서비스 센터를 찾아가는 수고를 부담해야 했다.

하지만, 자신의 반려동물과 자유롭게 소통이 가능하다는 기대 심리로 인해 그 정도의 불편함은 아무것도 아니었다. 마이크와 칩은 블루투스 연결만 하면 되었고 마이크에는 전 세계 주요 언어들로 전환할 수 있는 장치가 있었다. 지난주에 WWW!는 한글이 탑재되었다고 공식적으로 발표했고 한국인들은 국력이 그만큼 커졌다고 자부심이 대단했다.

하지만 광화문에서는 매주 토요일마다 '인간과 동물의 자유로운 소통을 빙자한 동물들의 권리 침탈'을 반대한다고 하는 시위가 개최되고 있었다. 그들은 동물의 생명권, 고문 및 학대 금지, 존엄성과 자유, 사회적 책임 그리고 교육과 의식 확산이라고 하는 5가지 주장을 펼치면서 MLF 출시를 반대하고 있었다. 그렇지만 한편에서는 같은 내용으로 MLF 출시를 찬성하는 사람들의 시위가 개최되는 매우 혼란스러운 상황이 연일 연출되고 있었다.

* * * * * * * * * *

"아빠, 우리도 강아지 기르자, 응?"

총무팀 김준서 차장의 큰아들 철우가 저녁을 먹다가 또 조르기 시작했다.

"강아지? 개? 아빠가 이미 안 된다고 했잖아."

김 차장은 된장찌개를 먹다가 어김없이 시작이네 하는 짜증 난 표정을 짓고는 아들을 쳐다보지도 않고 답변했다. MLF 출시 예정 기사가 나오고 나서 아이들이 지난달부터 저녁마다 이야기하는 일종의 '조르기 레퍼토리'였다.

"나도 강아지하고 이야기하고 싶단 말이야. 내 친구들은 다 강아지 있단 말이야."

큰아들 철우는 반려견 키우는 친구들이 MLF 출시 이후 자신들의 반려견들과 이야기하고 놀 수 있다는 자랑을 듣다가 오늘이야말로 다시 한번 자신의 의견을 통과시키고야 말겠다는 굳은 심정으로 이야기를 꺼냈다.

"아빠! 나도 강아지 갖고 싶단 말이야! 나도 강아지랑 이야기하고 싶단 말이야!"

철우와 2살 터울인 8살 둘째 상우도 덩달아서 말했다.

"아! 글쎄. 안 된다니까."

김 차장은 오늘도 두 아들들의 기세에 눌리면 안 된다는 생각뿐이었다.

"왜 안 되는데?"

두 아들은 아빠가 어떤 답변을 할까 밥도 제대로 먹지 않고 아빠의 입만 주목하고 있었다.

"또 설명해 줄까? 오케이, 또 설명해 줄게. 우선 강아지 털 날리지, 강아지 아프면 병원 가야지, 강아지 사료 먹여야 하니까 계속 돈 들어가지, 강아지가 심심할까 봐, 아플까 봐 매일 신경 쓰이지. 그리고 개들은 사람보다 오래 살지 못해서 길어 봤자 15년이면 죽는다고. 그럼 얼마나 슬프냐? 아빠도 너희들처럼 강아지 키우고 싶은데 그런 거 생각하면 복잡하고 슬퍼서 못 키운다고."

"그래서 지금 미국에서 MLF가 나오잖아. 그것만 있으면 이제 강아지와 이야기해서 같이 잘 살 수 있다고 하잖아."

아빠의 설명을 듣던 철우는 MLF를 언급했다. 친구들의 자랑에 샘이 많이 나 있는 모습이었다.

"철우야, 상우야, 너희들 설마 MLF를 믿는 거야? 그거 다 거짓말이야. 다 철저하게 훈련 받은 개들이라고. 보면 모르겠어? 오늘 아빠가 회사에서도 직원들한테 그거 다 뻥이라고 이야기했어. 아주 많이 훈련 받은 개들이라고. 그랬더니 사람들이 다 아빠 말 맞다고 박수 치고 그랬다니까."

김 차장은 낮에 중국집에서 직원들과 이야기한 것이 생각나서 말했다.

"여보, 나도 기사들 보니까 우리도 강아지 한번 키워 보면 좋겠다 싶더라구요. 강아지가 사람 말 알아듣고 사람 시키는 대로 이것저것 다 해 봐요. 얼마나 재밌고 신기하겠어요? 키우기도 훨씬 쉬울 거 같고."

김 차장의 아내가 두 아들 이야기에 동조를 하고 나섰다.

"참 나… 이 사람이 도대체 뭔 소리하는 거야? 동물이 어떻게 사람의 말을 이해하고 시키는 대로 다 하겠어? 그게 동물이야? 사람이지. 설마 당신도 그 거짓말 믿는 거야? 다들 정신이 있는 거야, 없는 거야? 여하튼 그놈의 SNS가 문제라니까."

가장 가까운 자신의 가족들이 이렇게나 MLF의 거짓말에 놀아나고 있다는 것에 김 차장은 어이가 없었다.

"저렇게 동영상도 나오고 진짜 알아듣는 것처럼 시키는 대로 다 하는데 왜 못 믿어요? 못 믿을 것도 없죠, 뭐. 난 잘만 믿기던데."

아내는 학부모 커뮤니티에서도 화젯거리인 MLF에 관심이 많았다.

"그게 어떻게 가능해? 좋아, 가능하다고 치자. 그럼 사람과 동물의 차이가 도대체 뭔데? 사람 말까지 다 알아듣는다고 하면 왜 동물인데?"

김 차장은 이참에 귀가 얇다고 생각하는 아내를 눌러야 되겠다 싶었다.

"그게 무슨 말도 안 되는 논리예요? 사람 말을 알아듣는다고 동물이 사람이 되는 건 아니잖아요."

아내는 억지를 부리는 듯한 남편이 어이가 없었다.

"여하튼, 난 싫어. 개를 기르는 것도 싫은데 그 개가 우리가 하는 말까지 다 알아듣는다고 생각하면 더 싫어. 그게 개야? 사람이지."

"엄마, 그럼 우리 강아지 사서 아빠 빼고 우리 셋이서만 데리고 놀자."

철우가 엄마 편에서 이때다 싶어 말했다.

"그래, 그러자. 우리 이쁜 강아지들. 호호."

아내가 철우와 상우 볼을 번갈아 가면서 쓰다듬었다.

"안 돼! 우리 집에 개는 절대 안 돼!"

김 차장의 목소리가 더 단호해지고 커졌다. 분위기 좋게끔 끌고 가려던 두 아들과 아내는 김 차장의 커진 목소리 탓인지 강아지 입양에 대한 대화는 더 이상 진전되지 않았다.

김 차장은 저녁 식사 후 혼자 방으로 들어와서 유튜브로 MLF와 관련된 가장 최근 동영상을 검색했다.

'뭐가 이리 동영상이 많아? 내가 한번 다시 보고 어떤 점이 문제점인지 낱낱이 파헤쳐 주마.'

김 차장은 단단히 마음먹고 영상을 뚫어져라 보기 시작했다. 혹시나 어떤 속임수가 있는지, 어느 부분에서 시청자들을 속이고 시청자들을 우롱하는지 내용을 직접 캐내기로 마음먹었다.

내용은 실험대상인 개와 고양이 각각 한 마리씩 작은 실험실 방에서 뭔가를 먹고 있는 모습으로부터 시작하고 있었다. 지난번에 동영상으로 본 개는 아닌 듯했다. 여러 개들을 모아서 실험을 하고 있구나…. 동물들도 참 고생한다, 고생해…. 김 차장은 혀를 쯧쯧 찼다. 지난번에 봤던 개들은 덩치가 큰 개였는데 이번에는 보통 크기의 개였고 고양이는 꽤 자란 어른 고양이 같았다.

실험자가 MLF 마이크로 먼저 개와 고양이의 이름을 부르자 먹이를 먹던 두 마리 모두 고개를 번쩍 쳐들었다. 동물들이 고개를 쳐드는 그 순간 김 차장은 인간이 동물을 훈련시키는 것 이상의 어떤 특별하고도 강한 지배관계를 느꼈다. 기분이 묘했다. 이것이 MLF 출시를 반대하는 사람들이 말하는 인간에 의한 동물의 완전 지배구조라는 것인가…. 김 차장은 어떤 실험인지 자신도 모르게 궁금증이 생기기 시작해서 핸드폰을 더 가까이 들여다봤다. 뭔가를 찾아내야 한다, 그래야 내가 애들한테 알려 줄 수가 있단 말이야…. 내 말이 맞아야 해….

보통 훈련된 동물들이 하는 것처럼 앉아, 엎드려, 점프해 등을 시켰고 개와 고양이는 시키는 대로 잘하고 있었다. 그래, 저 정도만 잘해 줘도 기르기 편하고 좋겠네. 김 차장은 저 정도로만 말 들으면 한번 키워 볼 만은 하겠네, 재미는 있겠네. 고양이 훈련은 쉬운 것이 아니라던데 그래도 말 잘 듣네…. 혼자 중얼거리고 있었다.

그때였다. 실험자가 개와 고양이에게 서로 안아 주고 서로 얼굴을 핥아 주라고 말이 떨어지자 두 마리의 동물들은 마치 연인인 듯이 서로 안아 주면서 자신들의 혀로 상대 동물의 얼굴을 핥아 주기에 여념이 없었다. 아니, 개와 고양이가 원래 저렇게 친하지는 않잖아? 주인이 같은 사람인가? 뭐지? 김 차장의 머릿속이 복잡해지기 시작했다. 김 차장을 더욱 놀라게 한 건 바로 그다음이었다. 실험이 진행되고 있는 방에 실험자는 한 마리 생쥐를 집어 넣었다. 생쥐는 처음에는 개와 고양이에 대해서 존재를 잘 모르는지 구석 쪽으로 기어가서 냄새를 맡는 모양으로 주둥이를 이리저리 가져다 대고 있었다. 개와 고양이도 생쥐의 등장을 잘 모르는지 한쪽에서 명령에 따라 서로 안아 주고 있는 그런 희귀한 상황이었다.

이윽고 실험자는 고양이에게 같은 명령을 내렸다. 즉, 생쥐를 안아 주라고 한 것이었다. 고양이에게 쥐를 안아 주라고 한다고? 실험자의 이야기를 들은 고양이가 쥐의 곁으로 다가갔고 그제서야 고양이의 존재를 알아챈 생쥐는 놀란 듯이 몸이 잠시 굳은 채 가만히 있었다. 고양이라고 존재를 처음 본 그런 느낌이었는데 본능적으로 자신에게 위험이 될 그런 존재라는 것을 아는 듯했다. 김 차장은 자신도 모르게 침을 삼키고 그다음 장면이 어찌

될지 그리기 시작했다.

설마… 고양이가 생쥐를 물거나 할퀴지 않고 안아 준다고? 그게 지금 말이나 돼? 이게 조작이 아니고 실제라고? 김 차장은 자신도 모르게 침을 꿀꺽 삼켰다.

실험자의 명령을 MLF 칩을 통해 들은 고양이는 더욱 가까이 생쥐의 곁으로 다가갔고, 이에 생쥐는 놀란 듯이 뛰어오르며 달아나기 시작했다. 고양이는 생쥐를 잡아먹으려는 기세로 번쩍 뛰더니 단숨에 생쥐를 낚아채고 생쥐를 앞발로 꾹 눌렀다. 그리고는 자신의 몸을 숙여 생쥐를 품에 안듯이 안는 것이었다.

마치 새끼 고양이를 품에 안아 주듯이 생쥐를 안아 주는 광경이었다. 잡힌 생쥐는 고양이 품에서 빠져나오지도 못하고 벌벌 떨고 있었다. 영화의 CG 또는 만화 어쩌면 동화책 속에 나오는 그런 장면이었다. 김 차장은 마치 영화의 한 장면을 보고 있는 듯한 심한 충격을 받았다. 뭔가 오류를 발견하고자 보게 된 동영상이었는데 놀라움과 더불어 알 수 없는 허탈함까지 느껴졌다. 도대체 이게 뭐야….

실험자는 이 광경을 멀리서 지켜보고 있던 개에게도 같은 명령을 내렸다. 그러자 앉아 있던 개가 천천히 고양이와 생쥐 곁으로 가서 그 옆에 누워서 생쥐를 혀로 핥아 주기 시작했다.

'More surprise coming soon!(더 놀라운 일들이 찾아올 것입니

다!)'라는 자막과 함께 WWW! 회사 로고와 MLF가 화면에 떠올랐다. 극적인 장면이고 놀라운 연출이었다.

김 차장은 빠져나올 수 없는 막다른 골목에 이른 그런 느낌이었다. 아이들에게 강아지를 사 줘야 하는 상황이 올 수도 있다는 생각이 들었지만 그의 마음속에는 그 이상의 공포와 무기력증이 느껴졌다.

* * * * * * * * *

"미연아, 오늘 학교 끝나고 우리 집에 가자. 어제 나 강아지 데려왔다!"

"뭐? 강아지?"

수지의 제안에 미연은 연습장에 낙서를 하다가 놀란 듯이 수지를 쳐다봤다.

"응, 어제 부모님하고 같이 애완견 샵에 가서 사 왔는데 진짜 너무너무 예뻐. 아, 빨리 보고 싶다."

"무슨 종인데? 사진 있어?"

곁에서 이야기를 듣던 희경이가 물었다.

"말티즈인데 태어난 지 이제 3개월이래. 사진? 이거 봐 봐."

수지는 핸드폰에서 어제 찍은 사진을 자랑하듯이 보여 줬다.

"아… 너무 이쁘다. 완전 인형 같다! 이름이 뭐야?"

"응, 미미야. 이름도 이쁘지? 미미."

"어디 봐 봐. 아! 넘 이쁘다."

미연은 수지에게서 건네받은 핸드폰 속의 미미를 보면서 말했다.

"나도 보여 줘. 어머, 얘 완전 인형이다. 미연아, 우리 가다가 미미 보고 가자!"

희경이도 미미를 보고 감탄사를 연발했다. 여고생들 특유의 호들갑이 심했다.

"그럼, 수지 너 MLF 그거 살 거야?"

미연이 갑자기 생각난 듯이 수지에게 물었다.

"난 어제 미미 데려오고 나서부터 벌써 용돈 모으기 작전 시작했어. 주말에 아빠 편의점에서 알바도 다시 좀 해 보려고 생각 중이야."

"그렇게 돈 모아서 MLF 사려고?"

"응, 사야지. 그래야 우리 미미랑 더 재밌게 지낼 거 같아. 미미랑 나는 무슨 이야기하고 놀까? 히히, 생각만 해도 좋다."

수지는 사랑스러운 눈빛으로 핸드폰 속의 미미를 보면서 사진을 만지고 있었다.

"그럼, 수지야, 너 그거로 미미에게 뭐라고 할 거야?"

미연은 자신이 키우고 있는 바니에게도 무엇을 말할까 이미 생각하고 있었던 중이긴 했다.

"난… 음, 우선 미미랑 더 친해지자고 하고 오래오래 재밌게 같이 살자, 그렇게 말하려고."

"그래, 난 아빠가 말 잘 듣고 공부 열심히 하면 사 주신다고 했어."

미연이도 바니랑 같이 이야기할 꿈에 부풀어 있는 듯했다. 상상만으로도 행복한 듯 두 손을 깍지 끼고 기도하는 자세를 취했다.

"어머, 야, 너희들 너무 재밌겠다. 우리 집도 강아지 키웠으면 좋겠다. 왜 우리 집은 강아지를 안 키우나 모르겠다."

희경은 친구 두 명의 대화를 듣고 왜 자신의 부모는 둘 다 동물에 도대체 관심이 없을까 고개를 절레절레 가로저었다.

미미는 아장아장 걸으며 수지네 집 마루의 울타리 안에서 이리저리 돌아다니고 있었다. 생후 3개월이라 아직 배변 훈련이 되어 있지 않아 미미의 강아지 집 주위에 플라스틱 울타리를 쳐 놓고 그 안에서만 생활하게끔 하고 있었던 것이었다. 수지와 미연 그리고 희경이는 미미를 들고 이리저리 사진을 연신 찍으면서 각자의 SNS에 미미 사진을 올리고 있었다.

"수지야, 미미 진짜 너무 귀엽다."

희경이는 미미를 안고 자기 얼굴과 미미 얼굴을 맞대고 비비고 있었다.

"야, 미미 힘들어. 너무 꽉 안지 마. 아직 애기란 말이야."

수지는 친구 손에서 이리저리 옮겨 다니는 미미가 걱정스러운 듯 희경이에게 말했다. 이럴 때 미미가 싫다고 자신의 생각을 알려 줘야 할 텐데….

"야, 나 꽉 안 안았어. 그냥 아주아주 가볍게, 부드럽게 안아 주고 있단 말이야."

"넌 살살 안는다고 해도 강아지들에겐 그게 얼마나 세고 힘든지 모르지?"

수지 집에 오자마자 희경이만 미미를 안고 있어서 화가 난 미연이도 희경이를 쏘아붙였다.

"아냐, 미미 표정을 봐. 안아 줘서 행복해요, 좋아요, 하는 표정 같은데?"

희경이는 친구들이 무슨 말을 하건 신경 쓰지 않고 미미를 안고 있었다

"넌 강아지 안 키우잖아. 그래서 너가 잘 모르는 거야. 미미 이리 줘 봐. 내가 강아지는 어떻게 안는지 시범 보여 줄게."

미연이가 미미를 희경이에게서 빼서 안았다.

"그래서 지금 우리에겐 MLF가 필요한 거라고."

걱정스럽게 친구들의 행동을 보고 있던 수지는 이러다 미미 다치겠다 싶어서 화제를 MLF로 돌렸다.

"맞네, 그러네! 그러면 미미에게 바로 물어보면 되겠다."

미연이도 맞장구를 쳤다.

"행복해요, 좋아요 그렇게 대답하면 계속 안아 주면 되고, 너무 좋겠다."

희경이도 동의하며 말했다.

"근데, 만약 미미가 주인의 눈치를 보고 거짓말로 대답하면 어떡하지?"

희경이가 뜬금없이 두 친구에게 물었다.

"거짓말을? 미미가 왜?"

수지는 미연이 품에 안겨 있는 미미를 쳐다봤다. 미미는 아무 표정이 없었다.

"생각해 봐. 동물들이 사람의 말을 알아듣게 되면 무슨 행동을 해야 주인들이 좋아하는지, 사람들이 좋아하는지 자기들도 알 거 아냐? 그럼 동물의 입장에서는 주인 눈에 들어야만 맛있는 것도 더 얻어먹고, 더 편해질 수 있기 때문에 사람이 보고 싶어 하는 행동, 좋아하는 행동만 할 거 같은데?"

희경이의 말을 듣고 미연이도 천천히 품에 있는 미미를 물끄러미 쳐다봤다.

"에이… 설마…. 그 정도로 머리를 굴린다면 그럼 그건 거의 사람이잖아…."

수지와 미연이는 뭔가 찝찝한지 서로를 쳐다봤다.

"진짜 그 정도로 된다면… 동물들이 거짓말까지 하게 된다면, 아무리 그래도 그건 좀 심한 상상이다. 야."

수지가 그럴 일 없다는 표정을 지으면서 말했다.

"아냐, 뭐가 심해. 난 동물들이 우리 사람의 말을 알아듣게 된다면 당연히 그런 행동까지 충분히 할 거라고 생각하는데."

희경이는 그렇게 말하면서 미미를 뚫어지게 쳐다보며 미미의 머리를 쓰다듬었다. 미미도 희경이의 시선이 느껴지는지 희경이의 손을 핥다가 희경이를 천천히 올려다보았다. 마치 손을 핥으면 사람들이 자신을 이뻐해 주는 것을 아는 그런 표정이었고, 그런 눈빛을 보고 희경이는 소름이 돋았는지 미미를 쓰다듬던 자신의 손을 황급하게 뺐다.

2부

오전 :
미로(迷路)

김지훈 교수는 지난주에 출연한 '갈가토론'에서 본인이 한 말에 대해서 유튜브 시청자들의 반응이 격하게 둘로 나뉘어지는 것에 대한 기사를 읽고 있었다. 특히나 "저는 인간이 동물들과 소통이 완전히 가능해지는 날, 그건 동물들의 재앙, 아니 인류의 재앙이라 생각합니다. 인류의 마지막이라고 생각합니다"라고 한 언급에 대해서 동물 애호가들이 '동물을 탄압하는 자, 동물권에 대해서 무지한 천하의 나쁜 놈'이라는 등 자신을 비난하는 글을 읽다가 김 교수는 짜증이 확 났다.

'아니, 사람과 동물 사이에 말을 통하게 하는 것이 과연 올바른 과학의 진일보인가?'

김 교수는 여전히 MLF의 출시에 대해서 부정적이라 이에 대해서 좀 더 구체적이고 상식적인 내용으로 자신의 페이스북에 글을 올릴 예정이었다. 이미 사람들이 자신을 'MLF 출시 극렬 반대자'로 낙인을 찍은 마당이니 이참에 좀 더 자신의 생각을 알리고 싶었다.

인간과 동물의 완전한 커뮤니케이션으로부터 생기는 두 개체 간에 발생할 수 있는 불행

　－동물에 대한 폭력과 학대 : 동물이 사람의 언어를 이해하게 된다면, 사람들이 동물에 대해 비인간적인 행동을 할 때 동물

들이 그것을 이해하게 됩니다. 이로 인해 동물들은 스트레스를 받고, 신체적, 정신적으로 상처를 입게 될 수 있습니다.

- 생태계 파괴에 따른 동물들의 반감 : 동물이 사람의 언어를 이해하게 된다면, 사람들에 의해 자행되는 환경 파괴에 대해서 동물들이 인간에 대한 반감을 크게 가질 수 있습니다. 이는 인간과 동물의 극한 대립으로 양쪽 진영의 위험을 가속화할 수 있습니다.

- 동물 권리 운동 강화 : 동물이 사람의 언어를 이해하게 된다면, 동물 권리 운동이 더욱 강화될 가능성이 있습니다. 이는 동물들이 자신들의 권리를 인식하고 그 권리를 지키기 위해 인간과 대립할 가능성을 높입니다.

- 사회적 불균형 : 동물이 사람의 언어를 이해하게 된다면, 동물들 사이에서도 사회적인 구조와 계층이 형성될 수 있습니다. 이로 인해 동물과 동물 사이에 사회적 불균형이 발생하고, 동물들 간의 경쟁이 심화될 수 있습니다.

- 인간의 개인 정보 유출 : 동물이 사람의 언어를 이해하게 된다면, 사람들이 동물들과 대화를 나눌 때 개인 정보가 노출될 가능성이 있습니다.

'음… 이거 말고도 문제가 더 많을 텐데….'

김 교수는 아직도 MLF 출시에 대해 사람들이 환호하는 것에 대해서 이해가 가지 않았다. MLF 출시로 인한 여러 문제점들을 더 열거하고 싶었지만 이 정도의 글만 올려놓고 사람들의 반응을 보자고 생각했다. 어차피 나라는 사람의 포지션이 그렇게 된 이상, 내가 옳다고 생각하는 것을 더 적극적으로 알리고 밀어붙이고 싶었다. 과연 내가 옳은 것인가, 아니면 정말로 WWW!와 동물 애호가들이 이야기하듯이 인간과 동물과의 커뮤니케이션을 통해 새로운 질서와 문화가 형성될 것인가…. 김 교수 자신도 순간순간 헷갈리고 판단이 흐려지는 것을 느꼈지만 어차피 MLF의 출시가 기정사실화되어 있는 이 시점에 빨리 그 제품이 나와서 어떤 결과로 이어지는지 보고도 싶어졌다.

지잉~ 지잉~ 김 교수의 핸드폰 울리는 소리가 적막한 방 안에 울렸다. 불을 끈 상태에서 오직 노트북의 불빛만이 방 안을 비추고 있었는데 핸드폰이 울리는 바람에 핸드폰의 화면 불빛 또한 매우 밝게 느껴졌다. 김 교수의 핸드폰 화면을 확인했다. '박이진'이라고 발신자의 이름이 떴다. 반가운 마음에 저절로 미소가 지어졌다.

"응, 나야. 박 교수."

"아, 바로 받으시네요. 어디세요?"

박 교수의 밝은 목소리가 핸드폰 밖으로까지 들려왔다.

"응, 집이야. 지금 페이스북에 MLF 출시와 관련되어 우려되는 상황에 대해서 잠깐 글 올리는 중이었어."

"아이, 참… 뭐하러 글 올려요? 괜히 욕이나 먹지, 교수님 글에 대해 좋은 소리 하는 사람들 별로 없다니까요. 요즘 반려동물 키우는 사람들이 얼마나 많은데요. 그리고 교수님이 몰라서 그렇지, 요즘 반려동물은 그냥 한 가족이에요."

두 사람은 현재 가르치는 학교는 다르지만 학회에서 우연히 만나 교제한 지 이제 2년째가 되어 가고 있었다. 김 교수는 사별한 지 3년째였고 박 교수는 싱글이었고 과거 김 교수의 제자였다.

"알아. 이런 글 올려 봤자 공감하는 사람은 별로 없고 대부분 욕하는 사람들이라는 거, 하하."

"근데 뭐하러 글 올려요? 욕 먹고 싶으세요? 지금 오세요. 제가 욕해 드릴게요, 호호."

"그래, 이진이가 하는 욕이라면 내가 얼마든지 먹어야지. 근데 지금 어디야?"

"저 지금 토리 데리고 산책 가는 중인데 뭐 하시나 전화 한번 드린 거였어요."

"그랬구나. 날씨도 좋고 산책하기 딱이네. 토리 좋아하겠네, 하하."

"네, 맞아요. 야! 토리야, 안 돼! 안 돼! 그래, 그래, 착하지. 친구라니까, 친구. 친구가 반갑다고 꼬리 흔들고 저러는데 토리 네가 짖으면 안 되지."

핸드폰으로 들려오는 박 교수의 목소리가 갑자기 커졌다가 토리를 달래는 듯한 나긋나긋한 목소리로 바뀌고 있었다. 토리라고 하는, 박 교수가 키우고 있는 개는 낯선 개를 보면 죽자 사자 짖고 달려드는 성격이라서 산책 중에 다른 개를 만났구나, 하고 김 교수는 어떤 상황인지 짐작되었다.

"아휴, 토리는 왜 늘 이럴까요? 산책 나오면 늘 이래서 힘드네요."

토리가 좀 진정이 된 듯 박 교수가 말했다.

"당신 지키려고 그러는 거 아냐? 다른 개들이 당신 물면 안 되니까 주인 지키겠다고 그러는 거 아닌가? 지난번에 TV에서 그런 강아지들의 심리에 대해서 뭐라고 했는데…. 아, 잊어버렸다."

"그게 아니고 이러는 개들은 겁이 많아서 그런다고 했어요. 근데 이해가 안 되는 것이 우리 토리는 자기보다 작은 강아지들에게도 이렇게 짖고, 분명 자기보다 훨씬 늙은 개를 봐도 이러거든요. 상대방 개들은 전혀 싸울 의사도 없고 그냥 주인이랑 조용히 산책하는데 토리만 짖어요. 속상해요. 뭐가 불만인지…."

박 교수는 산책길마다 토리가 다른 개들을 보면 무조건 짖는 통에 길 가는 사람들 모두를 깜짝 놀라게 하는 상황이 생겨 늘 민망했다. 토리도 다른 개들처럼 얌전히 산책만 하면 얼마나 좋을까 하는 마음이 늘 간절했다. 제발 좀 짖지 말고 그냥 걷기만 하자, 응? 토리야. 박 교수의 바람은 늘 한 가지뿐이었다.

"그랬나? 겁이 많아서 짖는다고 했나? 토리 그 자식 생긴 거랑 영 다르네, 하하!"

김 교수는 자신이 동물에게 관심이 없다는 것을 들켜서 민망한지 일부러 크게 웃었다.

"아, 그건 그렇고 우리 언제 만나지?"

김 교수는 문득 박 교수와의 잠자리가 오래되었음을 느꼈다.

"전 시간 늘 괜찮은데 요즘 교수님이 워낙에 바쁘시잖아요."

"하긴… 그 MLF가 곧 출시될 거 같은데 왜 내가 MLF 출시를 반대하는 사람들의 대표주자가 되었는지 모르겠지만 그것 때문에 이곳저곳 불려 다니면서 토론하고 미팅하는 건 맞아."

"그런데 진짜 궁금해서 묻는 건데요. 교수님은 정말 MLF 출시를 반대하세요?"

박 교수의 목소리에는 궁금증과 서운함이 느껴졌다.

"응, 맞아. 솔직히 난 반대해."

"교수님은 토리랑 이야기하고 싶지 않으세요?"

"토리랑?"

김 교수는 순간 당황했다. 본인은 정말 동물들과의 소통이 불필요하다고 생각하고 있었기에 박 교수의 질문에 적절한 답변을 찾아 빠르게 머리를 굴려야 했다.

"네, 토리랑요. 왜 그렇게 늘 다른 개들에게 짖는지 교수님은 궁금하지 않으세요?"

이번 박 교수의 목소리에는 원망스러움과 실망감이 느껴졌다.

"토리가 MLF를 통해서 그 이유에 대해서 우리에게 말해 줄까?"

"그 제품 홍보하는 유튜브랑 기사들 다 보셨으면서 왜 그러세요? 당연히 저는 토리가 그 이유에 대해서 알려 줄 것이고 그럼 제가 대책을 세워서 이제는 토리가 스트레스 받지 않고 산책할 수 있게끔 할 수 있을 거 같은데요?"

"물론 정확하게 토리가 왜 그러는지 알게 되면… 그리고 그것을 미리 그렇게 하지 않도록 우리가 막아 준다면야… 그럼, 뭐 좋겠지만 그게 좋은 방법인지는 모르겠네. 아아! 토리의 걱정거리를 없애 주는 건 좋지만, 내 말은…"

김 교수는 이야기를 잘못하면 한창 좋은 지금의 박 교수와의 관계가 틀어질까 봐 매우 조심스러웠다.

"전 솔직히 교수님이 그 MLF 출시를 반대하시는 것에 대해서 못마땅해요."

이러다 박 교수와의 관계에 문제가 생길 수 있겠구나 싶었는지 김 교수는 의자에서 벌떡 일어나 방을 이리저리 걸으면서 안절부절못하기 시작했다.

"아! 그건… 내 말은 인간과 동물과의 완벽한 커뮤니케이션이 되었을 때를 가정해 보니까 말이야…. 여러 가지 생각하지 못했던 부작용들이 걱정되었고…. 그리고, 알잖아? 내가 뭐 하나 꽂히면 계속 그 생각만 하다 보니까 계속 그런 상황들에 대해서 안 좋은 결과만 떠오르고 말이야…. 그래서 그런 거지, 뭐…. 하지만 토리를 위한다면야 그런 제품이 필요할 수도 있겠구나! 그런 생각 한번 해 보기도 했었어, 하하하."

김 교수는 자신의 이야기가 억지임을 스스로 느꼈는지 자조적인 웃음기를 숨기지 못했다.

"알았어요. 무슨 말 하시려는지 알겠다고요."

핸드폰 너머로 들려오는 박 교수의 목소리는 많이 삐진 듯했다.

"아! 이진아, 우리 언제 만날까?"

가능한 박 교수를 빨리 만나서 삐진 것을 풀어 줘야겠다고 김 교수는 생각했다.

"이번 주에는 수업 말고 방송 없으세요?"

만나자는 말에 조금은 나긋해진 박 교수의 목소리다.

"이번 주에는 지난주에 이어 갈가토론에 한 번 더 나가기로 했어. 언제더라? 아! 맞다. 내일이다, 하하! 내 정신 좀 봐. 내일이야, 내일. 하하."

말은 그렇게 하면서도 오늘 내내 내일 방송을 준비하고 있었던 김 교수였다. 이번에는 확실히 주장을 더 논리적으로 펴서 상대방 패널의 기를 확 눌러야지, 하는 생각을 하고 있었다.

"내일은 상대방 패널이 누구예요? 지난번에 나왔던 그 박희영이에요?"

"아, 아니야. 박희영은 그때 나와서 뭐 그리 흥분하고 화를 냈는지 이번에는 아니더라구. 이번에는 모델이 나온다고 하던데 아직 누군지는 몰라."

"아니, 그 여잔 왜 그리 흥분했대요? 그냥 조곤조곤 자신의 생각을 말하면 되는데, 공개 토론장에서 그렇게 격 떨어지게 흥분이나 하고 말이에요."

당시를 떠올리며 박 교수는 자신의 남자를 막 쏘아붙인 박희영에 대해 비난했다.

"몰라, 자기는 전혀 흥분하지 않았다고 했는데 딱 보기에도 흥분했던데. 내가 그 여자 강아지보고 뭐라 한 것도 아닌데 그리 화를 내더라구."

"끝나고 인사는 하고 갔어요?"

"응, 그래도 인사는 하더라고. 하지만 다시 만나고 싶진 않았어."

"여하튼 너무 욕 먹지 않도록 수위 조절하시면서 잘하세요. 그리고 나도 MLF 출시를 기다리고 있는 사람 중 하나란 거 잊지 마시고."

"응, 알지, 알아. 토리를 위해서 얼른 출시해야지, 하하."

김 교수는 거짓말하고 있는 지금 자신의 표정이 어떤가 궁금해서 책상 위에 있는 거울로 얼굴을 비춰 봤다.

****

배우 박희영은 TV 다큐 '우리는 언제나 가족'에 그녀의 애완견 3마리와 함께 출연 중이었다. 다큐이기에 특별한 대본은 없었지만 그녀는 동물들의 권리인 '동물권'에 대해서 늘 공부했고, 공부를 하면 할수록 더욱더 동물권을 주장하게 되었다. 오늘은 생방송이었고 방송 내용은 정부에 '인간과 동물의 관계 개선을 위한 조치'들을 요구하는 1인 시위를 광화문 세종대왕상 앞에서 하는 것이었다. 그녀는 지나가는 사람들을 보면서 확성기를 통해 준비해 온 내용들을 크게 발표하고 있었다.

1. 동물 보호법을 강화하라 : 동물에 대한 잔인한 대우를 금지하고, 동물들의 생명과 안녕을 보장하기 위해 법과 규제를 강화하라!

2. 윤리적 동물 취급 교육을 하라 : 정부는 국민에게 윤리적 동물 취급에 대한 교육을 제공해서 피해 받는 동물이 없도록

하라!

3. 동물 실험을 규제하라 : 정부는 동물 실험을 규제하여 대체법을 촉진 발의하고, 동물 실험을 최소화하는 방향으로 연구와 산업을 지원하라!

4. 유기동물을 관리하라 : 정부는 유기동물 문제를 해결하기 위해 전국의 보호소와 입양 캠페인 등을 지원하라!

5. 자연과 서식지를 보호하라 : 정부는 자연 보호 및 서식지 보호 정책을 통해 야생동물들을 보호하고 그들의 서식지를 유지하는 데 기여하라!

6. 동물 복지 평가 및 감시를 강화하라 : 정부는 동물 복지를 감시하고 평가하기 위한 기구를 운영하여 사회적 문제를 식별하고 개선하라!

7. 예방적 조치와 선제적 대응을 실시하라 : 정부는 감염병 등 인간과 동물 간의 건강 관련 문제에 대한 예방적 조치와 선제적 대응 방안을 개발하여 공중보건과 동물의 안녕을 보호하라!

그녀는 PD와 카메라맨 앞에서 정부에 7가지를 요구하는 구호를 목청껏 외쳤다. 박희영이 소리치자 같이 있었던 체리, 줄리, 라리도 무엇을 안다는 듯이 덩달아서 짖어 대기 시작했다. 체리,

줄리, 라리는 모두 유기견이었고 박희영이 몇 년 전 유기견 보호소에서 데려다가 키우고 있는 강아지들이었다.

"거, 시끄러워 죽겠네! 좀 조용히 좀 합시다. 이놈의 개새끼들은 왜 짖고 난리들이야!"

박희영이 시위를 하는 장소 바로 옆에서 현 정부를 지지하는 또 다른 1인 시위자가 말했다.

"뭐라고요?"

박희영이 자신의 강아지들에게 개새끼라고 하는 그의 말을 듣고 발끈했다.

"뭘 뭐래? 시끄럽다고 했지! 아니, 개새끼들은 왜 데리고 나왔어!"

1인 시위자도 물러설 기세는 없어 보였다.

"불쌍한 동물들을 위해서 인간들이 좀 배려하고 노력하자고 하는데 뭘 그걸 가지고 시끄럽다고 하시는 거예요? 그리고 뭐요? 개새끼라고요?"

박희영은 평소에도 동물에 대해 그 누구라도 뭐라고 하면 참을 수 없는 울분이 솟곤 했다.

"참 나, 내가 뭐 동물들을 학대하자고 했나? 나도 시위하는데 옆에서 하도 시끄럽게 떠드니까 좀 조용히 하자는 의미에서 말한 건데, 뭘 그렇게 소리를 질러요?"

1인 시위자는 자신에게 뭐라고 하는 '이 여자는 뭔가' 싶은 표정이었다.

PD와 카메라맨은 생각지도 않은 촬영 그림이 나오는 듯해서 두 사람의 대화를 찍고 있었다.

"아니, 당신들은 또 뭐야? 날 왜 찍어? 찍지 마!"

1인 시위자는 카메라맨을 보고 소리쳤다.

"선생님, 선생님도 무엇인가를 주장하시는 거 같은데, 이렇게 소리 없이 1인 시위를 하시는 거보단 방송을 통해서 요구 사항이 나가면 더 좋지 않으세요?"

PD가 큰 싸움으로 번질 거 같아서 중재하기 위해 끼어들었다.

"아니, 내가 주장하는 내용이 나가는 것이 아니라 지금 내가 이 여자와 싸우는 것이 나가는데, 그게 뭐가 좋아? 찍으려면 내가 들고 있는 이 팻말을 찍으라고."

1인 시위자는 팻말보다는 자신과 박희영이 싸우는 장면이 클로즈업되고 방송되는 것이라고 판단했다.

"왜 제가 지금 선생님이랑 싸우는 거예요? 전 동물들의 권리에 대해서 이야기를 하고 있을 뿐이었다고요!"

박희영은 계속 1인 시위자를 향해 짖고 있던 체리를 안으면서 이야기를 했다.

"아니, 근데 당신들 어디서 나온 사람들이야? 당신들 방송국에서 나온 사람들 맞아? 당신은 영화배우 아냐? 어디서 좀 본 것 같은데. 도대체 어디 방송사야, 방송사 이름이 뭐야?"

1인 시위자는 3마리의 강아지와 2명의 남자, 1명의 여자가 계속해서 자신에게 뭐라고 하자 어이없다는 표정을 지었다. 그는 들고 있던 시위 푯말 '대한민국 가정의 안정성을 해치는 동성애자들을 반대한다! 동성애를 반대하는 현 정부의 정책과 방향성을 지지한다!'를 카메라 앞에 들이댔다.

"지금 동물들의 권리가 중요한 게 아니고, 가정을 파괴하는 이 썩을 놈의 동성애를 막아야 한다고!"

그는 푯말을 더욱더 카메라 앞에 갖다 대고 소리 지르기 시작했다. 이때였다.

"아! 지금 WWW! 회장이 생방송 기자회견을 한대요!"

PD가 우연히 핸드폰을 열었다가 소리쳤다.

"기자회견?"

박희영과 1인 시위자 그리고 카메라맨 모두 PD를 쳐다봤다.

"네, 기자회견이요. 아마 MLF 출시에 관한 내용 같은데요?"

박희영은 얼른 핸드폰을 열어 뉴스를 검색했다.

'WWW! 헌터스 회장, 긴급 기자회견 MLF 출시 공식 발표!'

"와! 드디어 나오네."

박희영은 감격에 겨운 표정으로 뚫어져라 핸드폰을 들여다봤다. 뭔가를 아는 듯 체리, 줄리, 라리도 조용하게 주인의 행동을 지켜보고 있었다. 덩달아 1인 시위자도 박희영의 핸드폰을 들여다보고 있었다.

"In my early years, I have fond memories of spending joyful moments with my dog 'Hook.' Whenever I returned from school, Hook would warmly welcome me, and it would bring the happiest smile to my face."

(저는 어린 시절, 저의 강아지 '후크'와 늘 즐거운 시절을 보낸 기억이 있습니다. 학교에 돌아오면 늘 후크는 저를 반겨 주었고 세상에서 가장 행복한 미소를 제게 보여 주었습니다.)

"It was a smile like no other in the world. I was always with Hook, and besides the love from my parents and siblings, I believe the love I received from Hook had a significant impact on my formative years."

(세상에 없던 그런 미소였습니다. 저는 늘 그런 후크와 함께했습니다. 아마도 저는 부모님과 형제들의 사랑 이외에 후크에게서 받았던 사랑이 제 성장기에 가장 큰 영향을 끼쳤다고 생각합니다.)

"Hook has been with my family for 13 years. But if I had known more about Hook's mind and condition at the time, we would certainly have spent more time together."

(후크는 저희 가족과 13년을 함께했습니다. 하지만 제가 그 당시 후크의 마음과 상태를 좀 더 알았으면 우리는 분명 더 많은 시간을 함께했을 것입니다.)

"Of course, during that time, our family took Hook to the hospital and provided treatment, and we did spend more time together. However, I still cannot forget the profound sadness and emptiness I felt when we lost Hook. That's why I've dreamt of a world where we can communicate with animals, share our emotions, express gratitude, and understand each other before such sorrow arises."

(물론 그 당시도 우리 가족은 후크를 병원에 데려가 치료를 해주었고 그래서 그나마 조금 더 시간을 같이 보냈지만 후크를 잃었을 때의 큰 슬픔과 공허함을 저는 아직도 잊을 수 없습니다. 그래서 저는 이런 슬픔이 생기기 전에 동물과의 소통을 통해 서로의 감정을 나누고 서로에게 감사하고 서로를 이해하는 세상을 꿈꿨습니다.)

'아… 그래서 MLF의 다른 이름이 'To Hook(후크에게)'였구나.'
후크가 뭔가 의미가 있는 이름일 거라고 생각은 했던 구서희는 친구가 WWW!의 기자회견이 있다는 것을 카톡으로 전달받고 바로 유튜브로 기자회견을 시청했다. 회사에서 근무 중에 유튜브를 보는 것이 아무래도 눈치가 보였지만 자신과 샤넬에게는 너무나 중요한 기자회견이기에 바로 핸드폰을 열어 시청했다. 구서희는 동시 통역으로 번역되는 WWW!사의 헌터스 회장의 한 마디, 한 마디를 주의 깊게 듣고 있었다. 이제 드디어 샤넬과의 대화가 시작되는구나….

"Overwhelmingly touched, my childhood dream came true today. I hope that many animals in the world will now be respected and live as a living thing on Earth through communication with human."

(너무나 감격스럽게, 어릴 때의 그 꿈을 바로 오늘 이루게 되었습니다. 저는 세상의 많은 동물들이 이제는 인간과의 커뮤니케이션을 통해서 그들도 지구의 한 생명체로 존중받고 살길 기원합니다.)

"This is undoubtedly a great revolution and the first step toward a new era! The new era is a new life, a new vision, and a new harmony."

(이것은 분명 위대한 혁명이고 새로운 시대로 나아가는 첫 발

걸음일 것입니다! 새로운 시대는 새로운 삶과 새로운 비전 그리고 새로운 화합입니다.)

"Today's release of MLF is simultaneously launched in 20 countries around the world, and it encompasses a wide array of features and future development plans…"

(오늘 출시되는 MLF는 전 세계 20개국에서 동시 출시되며 그 다양한 기능 그리고 향후 개발 계획에 대해서…)

"와! 드디어 출시되는구나."

정 과장은 사무실임에도 개의치 않고 늘 큰 소리로 말했다.

"이봐, 이 대리. MLF 오늘 출시한대. 기자회견 하는 거 봤어?"

"네, 저도 봤습니다. 과장님. 드디어 나오네요. 너무 기다렸는데!"

이 대리도 인터넷으로 기자회견을 시청했다.

"그래, 혹시 가격 나왔어?"

정 과장은 가격이 가장 궁금했다. 요즘 골프 때문에 지출이 그렇지 않아도 많은데….

"전 세계 출시가격이… 음… 2,000달러라고 하네요. 지금 환율로 치면… 와… 거의 270만 원 정도인데요?"

"뭐? 270만 원? 가격 세네."

가격이 생각보다 비싸다고 느낀 정 과장은 순간 번개와 번개의 미래 여자 친구를 떠올렸다. MLF를 통해서 번개에게 여자 친구를 소개해 주겠다고 장담한 그였기에 표정이 좀 뻘쭘해졌다.

"전 할부로라도 사야겠어요. 전 세계 동시 판매니 얼마나 주문이 많겠어요. 배송도 밀릴 수 있으니 오늘 당장 주문하려고요."

이 대리는 이미 지갑에서 신용카드를 꺼내 놓고 결제를 할 요량으로 WWW! 사이트를 열고 있었다.

WWW! 사이트는 마치 홈쇼핑처럼 실시간 판매 추이를 국가별로 보여 주고 있었다. 헌터스 회장의 기자회견이 아직도 진행 중이지만 MLF의 판매는 불과 10분 만에 50만 대가 넘어가고 있었다. 유튜브에서는 헌터스 회장에 이어 개발팀의 임원이 나와서 MLF의 기능에 대해서 열심히 설명하고 있었다. 전 세계에서 동물을 키우고 있는 사람들에겐 획기적이고 일생일대의 새로운 세상과 만나는, 그런 날로 기억될 만한 출시였다.

물론 WWW!사의 이야기대로 현재는 인간과 친하고 오랜 세월 동안 같이 지낸 개나 고양이에게 적합한 제품이고 한 방향의 일방적 커뮤니케이션 기계지만 이후 발표한 계획들은 실로 놀라지 않을 수가 없었다.

그들은 1년 이내에 소와 말 그리고 돼지에게도 좀 더 효과적인 제품을 개발할 계획이라고 발표했으며 기존에 발표한 대로 쌍방향 소통이 가능한 MLF-V2는 빠르면 5년 후에 선보일 것이라고 말했다. 그 와중에도 국가별 판매 그래프는 계속해서 올라가고 있었고 TV 등 언론 등은 MLF 출시를 대서특필하며 더욱더 취재에 열을 올리고 있었다. 재빠른 영화사들은 이미 헌터스 회장과 후크와의 관계를 그리는 영화를 제작하려고 움직이고 있었고, 걷잡을 수 없이 빠른 속도로 MLF는 전 세계의 여러 국가로 퍼져 가고 있었다.

****

"교수님, 이제 MLF 출시 한 달이 경과했는데 아직도 판매 추이는 매일 경이롭습니다. 이 상황에 대해서는 어떻게 생각하시는지요?"

'갈가토론'의 박현호 진행자가 오늘도 패널로 나온 김지훈 교수에게 질문했다.

"제가 마케팅 전문가가 아니기에 판매에 대해서 뭐라고 하기는 좀 뭐하지만 우선 이와 같은 매출 신기록 현상은 그만큼 사람들이 반려동물에 대한 관심이 높다는 것을 잘 겨냥한 WWW! 측의 마케팅 승리라고 보이네요."

김 교수는 MLF 출시 대표 반대자로서 불편한 감정을 고스란히 드러냈다.

"이건 마케팅의 승리가 아니고 바로 우리에게 꼭 필요한 제품이 이제서야 나왔다는 것을 말해 줍니다."

박희영이 김 교수의 말이 끝나자마자 바로 반박했다. 김 교수는 다시는 토론장에서 박희영을 만나지 않겠다고 스스로 다짐했지만 방송국이나 언론사 측에서는 이미 한바탕 붙은 김 교수와 박희영의 대결 구도만큼이나 시청률과 방송 이후에 이슈거리에 도움이 될 만한 것이 없었기에 이번에 또 패널로 만나게 한 것이었다.

"아! 박희영 배우님. 그렇게 생각하시는군요. 꼭 필요한 제품이 나왔다고 생각하시는군요."

박희영의 답변에 진행자가 거들었다.

"그럼요! 동물을 사랑하는 사람이면 누구나가 가지고 있었으면 하는 그런 제품이죠. 바로 반려동물을 키우는 소비자에게는 더할 나위 없이 좋은 최고의 제품이죠."

MLF가 출시된 것에 대해 너무나 만족해하는 표정의 박희영이었다.

"지난번 기사를 보니까 박희영 배우께서 MLF를 구매하고 인증샷 올린 것이 나왔더라구요. 가장 궁금한 것인데요. 지금 3마리의 강아지들과 살고 계시죠?"

진행자 박현호가 물었다.

"네, 맞습니다. 3마리랑 같이 삽니다. 체리, 줄리, 라리죠."

"그럼, 배우님은 이 제품을 3개 구매하셨나요?"

"크크. 아니, 박현호 씨. 뭔 질문이 그래요? 3개를 샀고 안 샀고가 뭐가 중요합니까?"

공동 진행자 우정진이 박현호를 한심하다는 듯이 보면서 웃었다.

"호호, 우선 1개만 샀어요."

박희영도 웃으며 답변했다.

"왜 1개만 사셨죠? 나머지 2마리하고는 소통을 하지 않겠다 이런 생각인가요? 크크. 이거 동물 차별 아닌가요?"

장난기 어린 진행자의 질문이 계속 이어졌다. 방청객들이 웃었다.

"호호! 이 질문에 제가 답변해야 하나요?"

박희영도 장난으로 받아쳤다.

"크크, 아닙니다. 묵비권 인정합니다. 자, 그럼 본격적인 질문입니다. 이 MLF! 효과 보셨습니까?"

박현호가 이번에는 진지한 표정으로 박희영에게 물었다.

"동영상에 나왔던 것처럼 아주 극적인 것은 아직은 아니지만 전 조금씩 애들과 소통이 되고 있다고 생각합니다. 완전한 소통을 위한 과정이라고 생각합니다."

"좀 더 구체적으로 이야기를 해 주실 수 있나요? 어떤 면에서 소통이 된다고 느끼시나요?"

이번에는 반대편에 앉은 김 교수가 물었다.

"다들 아시겠지만, 제가 지금 강아지 3마리를 키우고 있잖아요. 모두 다 불쌍한 유기견이었고 제가 한꺼번에 유기견 센터에서 데리고 온 애들이거든요. 체리, 줄리, 라리 중 가장 몸집이 작고 유독 약해 보이는 체리에게 MLF 칩을 심었어요."

"아! 체리에게요. 그랬더니요? 체리가 어디 아프다고 하나요?"

박현호는 이번에는 여전히 장난기가 섞여 있는 질문을 했다.

"맞아요. 제가 물었죠. 혹시 어디가 아프냐고…."

김 교수와 두 명의 진행자 그리고 방청객들 모두 박희영의 답변에 초집중하고 있었다. 모두들 그녀의 입을 쳐다보고 있었다.

"그랬더니요?"

우정진도 궁금한 듯 다시 물었다.

"제 질문에 대한 답변인지는 잘 모르겠지만 고개를 숙이고 그냥 가만히 있더라구요. 그런데 저는 그것이 체리가 할 수 있는 최상의 답변이라고 생각이 들었어요. 주인인 제게 미안해서 답을 하지 못한다고 생각이 들었던 거예요. 분명히 어딘가 불편하고 아픈 곳이 있는데 체리가 워낙에 착하고 마음에 상처를 받았던 강아지라 스스로 솔직하게 답을 하지 않았다고 생각합니다. 혹시나 자기가 어디 아프다고 하면 또 버려질 수 있다는 그런 불안감 때문에 체리가 솔직하게 답을 하지 못했다고 생각이 들었어요. 그리고 여태껏 자신을 보살펴 주고 있는 제게 너무 미안한 마음이 들었던 거예요. 흑흑."

박희영은 눈물이 흐르는지 휴지로 눈가를 닦으며 말했다.

"아니… 그건 너무 개인적인 감정과 경험에 의한 답변이 아닌가 싶네요. 체리가 정확하게 자신의 의사를 표현하지 않았는데 박희영 씨의 주관이 너무 많이 들어간 듯한데요?"

김 교수는 뜻밖의 답변에 어이가 좀 없었다.

"아니요, 전 분명히 체리가 제 말을 알아듣고 제게 그런 답변을 눈빛과 행동으로 보여 줬다고 생각하고 있어요. 전 체리의 눈빛을 보면 알 수 있거든요. 흑흑."

박희영은 여전히 눈물을 흘리고 있었다.

"아… 박희영 배우님의 이야기를 듣다 보니 왠지 마음이 매우 아프네요."

박현호가 장난으로 진행했던 자신의 질문과 행동이 여배우의 진심 어린 눈물을 보고는 뉘우쳐지는 듯 미안한 표정을 지으며 말했다.

"그런데… 요."

박희영은 뭔가가 생각난 듯 갑자기 말을 이어 갔다.

"네? 그런데요, 뭐죠?"

박현호가 궁금한 듯 눈이 동그래지며 물었다.

"분명 체리는 줄리와 라리와는 그 후로 뭔가 달라진 듯해요."

"네? 뭐가 달라진 듯하나요?"

이번엔 김 교수도 몸을 마이크 가까이 다가갔다.

"체리가 그 후로 제가 하는 말을 알아듣는 것을 저는 분명히 느꼈어요. 그런데 전처럼 제게 가까이 다가오지 않아요. 제 말을 알아듣고는 아마 뭔가 한 번 더 생각하고 행동하는 그런 모습처럼 보였어요."

"그 말은 그럼 MLF가 진짜 인간과 동물의 소통을 가능하게 한다는 것인가요?"

박현호가 물었다.

"맞아요. 분명히 저는 확신할 수 있어요. 이제 체리와 저는 그전의 단순한 소통이 아닌 제 말을 이해하고 행동하는 그런 존재가 된 느낌이에요…. 누가 우위에 있는 그런 관계가 아닌 동등한 존재로서의 소통을 느낍니다…."

박희영의 확신에 차 있는 답변에 방송에 참여하고 있는 모든 사람들은 순간 숙연해졌다.

****

MLF의 출시 이후, 제품에 대한 공격적이고 대대적이며 매우 정교한 WWW!의 홍보 덕에 제품 판매는 공식적으로 벌써 300만 대가 넘어서고 있었다. 자신이 기르고 있는 강아지와 이야기를 하고 싶은 동심에서부터 인생의 동반자로 생각하고 있는 나이 든 반려견 주인들의 마음까지 정확하게 꿰뚫고 있는 마케팅은 MLF 구매를 하지 않으면 안 되게끔 만들었다. 실로 놀랍고 대단한 결과들이 연이어 발표되고 있었다.

반려동물에 맞게끔 맞춤형 패키지 개발이 진행되었고, 개별적인 프로모션과 할인 정책을 제공해서 더욱더 많은 판매가 일어나고 있었다. 곧 500만 대 돌파도 눈앞에 왔다고 WWW!사는 발표했다.

"…이제는 과연 어떠한 제품이 출시될까, 전 세계 사람들은 궁금해하지 않을 수가 없습니다. WWW!사의 MLF는 과거에 없었던 단기 매출 신기록을 세우고 있습니다. 매출도 놀랍지만, 실상은 MLF의 기술에 더 놀라움을 금치 못하고 있는 상황입니다. 인간과 동물이 소통을 하는 기술을 만들어 낸 WWW!사는 향후에 우리가 상상하지 못했던 그러한 과학기술을 선보일 것이라고…"

"뭐야, 공영방송사 뉴스가 WWW!의 홍보기관도 아닌데 저렇게 대놓고 빨아 주네. 저래도 되는 거야?"

김준서 차장은 주말에 MLF의 판매와 관련된 뉴스를 보다가 말했다.

"저거 봐요, 여보. 이제 저 기계를 모르면 안 되는 세상이 되었다니까요. 거의 핸드폰과 같은 그런 제품이 될 날이 올 거 같아요. 엄마들 수영 모임에서도 다들 저거 이야기예요."

김 차장의 아내가 옆에서 뉴스를 보다가 말했다.

"아니, 저렇게 뉴스에서도 MLF 좋다고 대놓고 떠들고 있으니 누가 관심이 안 가겠어? 나 같은 사람도 귀가 솔깃한데 말이야. 세상이 저 회사 마케팅에 놀아나고 있는 거라니까. 다들 미쳐 돌아가는 거지 뭐. 왜 동물이랑 사람이랑 대화를 시키고 난리야."

김 차장은 뉴스의 편파 방송이 도통 마음에 들지 않았다. 가뜩이나 요즘 회사 사정이 안 좋은데 WWW!사만 저렇게 잘되고 있다는 기사에 왠지 모르게 짜증도 났다.

"귀가 솔깃하고 자시고 그런 거 없어요. 이제는 개나 고양이 키우는 집에선 다들 저 제품 산다고 난리들인데, 뭐."

아내는 이런 분위기를 틈타서 강아지를 사 보자고 남편을 설득하고 싶은 마음까지 들었다.

"근데, 당신 저 제품 써 본 사람 만나 봤어? 효과 본 사람 실제 이야기 들어 봤어?"

김 차장이 아내에게 물었다.

"아니요, 아직은 못 봤어요. 내가 아는 사람들 중에서 실제로 산 사람은 아직 못 봤어요. 근데 다들 사려고 난리들이에요."

"그렇게 관심이 많은데 아직들 왜 안 샀대?"

"가격이 좀 비싼 것도 있고 지금 제품 주문하면 거의 두 달 걸린대요. 개 키우는 사람이 우리나라에만도 엄청 많은데 전 세계적으로 보면 얼마나 많겠어요? 그리고 인터넷으로만 주문이 가능해서 사이트 들어가 보면 대기자가 엄청 많대요."

"그래? 그럼 저렇게 좋다고 떠드는 사람들은 뭘 보고 저러는 거지?"

김 차장은 본인이 직접 눈으로 확인하지 않으면 절대로 믿지 않는 성격이었고 그래서 그는 종교도 없었다.

"아! 우리 수영 모임에서 늘 같이 수영하는 그 엄마 있잖아요? 희수 엄마라고 당신도 들어 봤을 거예요. 그 엄마의 지인이 저거 샀다고 하는 거 들었어요. 나도 희수 엄마에게 들은 거예요."

"뭐라고 해? 개랑 이야기 잘 통한대?"

김 차장은 무척이나 궁금했다. 제발 먹통이어라….

"들어 보니 앉아, 먹어, 일어서, 굴러, 이런 것들은 뭐 기본으로 알아듣는 거 같고 방에 가서 뭐 가져와 하면 가져오기도 한다고 하는 거 같았어요."

'그 정도는 훈련하면 누구나 하는 건데 뭐…. 그게 그리 놀랍나…?'

김 차장은 그게 뭐 별거인가 하면서 아내가 무슨 이야기를 말하는가 주목하고 있었다.

"엄마! 엄마!"

갑자기 철우와 상우가 방에서 뛰어나오며 엄마를 불렀다.

"뭔데 둘 다 호들갑이야? 우리 강아지들."

아이들의 소리에 깜짝 놀란 김 차장과는 대조적이게 아내는 일상인 듯 평범하게 물었다.

"이 영상 봐 봐. 친구 민성이가 보내 준 영상인데 애네 MLF 샀대."

철우는 매우 신기한 영상을 본 듯한 표정을 하며 핸드폰을 엄마에게 들이밀었다. 아이들의 행동에 김 차장도 뭔 일인가 싶은 마음에 철우가 내미는 핸드폰을 들여다봤다. 영상은 민성이라고 하는 아들의 친구가 강아지와 함께 찍은 MLF 사용 후기에 관한 내용이라 했고, 민성이 아빠가 촬영해 준 것이라고 했다. 김 차장은 그동안 비슷한 많은 영상들을 봐 왔기에 뻔한 그런 종류가 아닐까 하는 마음이었다.

철우의 핸드폰에 전송된 친구 민성이의 영상은 이런 내용이었다….

영상 속에는 강아지 두 마리와 민성이라고 생각되는 남자애가 등장했다. 강아지는 귀엽게 생겼고, 민성이네 가족이 6년간 키운 강아지들이라고 했다. 김 차장은 물건의 이름을 외우게끔 하고 그 물건을 가지고 오라고 할 요량인가 생각이 들었다. 부부는 큰 기대감 없이 핸드폰 영상을 보고 있었다.

그때였다. 민성이 아빠라고 하는 남자가 등장하더니 이렇게 말했다.

"안녕하세요, 어린이 여러분. 저는 민성이 아빠랍니다. 다들 강아지 좋아하죠? 그렇죠? 저희 집에도 두 마리의 이쁘고 소중한 강아지가 있는데요. 얘는 할리고요, 얘는 로미오입니다. 할리, 로미오, 민성이 친구들에게 인사해야지."

그러자 할리와 로미오가 고개를 숙이면서 카메라에 인사를 했다. 나름 참신했고 신기했다.

"그래, 그래. 잘했다. 할리, 로미오."

민성이 아빠는 할리와 로미오에게 들고 있던 간식을 주고 나서 계속 말을 이어 갔다.

"어린이 여러분, 민성이와 저는 우리 할리와 로미오와 더 많은 이야기를 나누기 위해서 MLF를 샀고요, 음… 두 달 되었나요? 그 동안 민성이와 저는 할리와 로미오에게 물건들의 이름을 외우게 했어요. 그리고 그 물건 이름을 이야기하면 물건을 가지고 오는 것은 우리 할리와 로미오에겐 너무나 평범한 내용이기에 저희는 그런 것을 하지 않아요."

'그럼, 뭐 할 거지?'

김 차장은 궁금증이 생겨 핸드폰을 더 가까이 들여다봤다.

"어린이 여러분, 물건의 이름을 기억하게 하고 그것을 가져오게 하는 것은 너무 쉬운 것입니다. 우리와 함께 지낸 지, 벌써 6년이 지났기에 할리와 로미오는 예전에도 그 정도는 원래 했구요. 그래서 민성이와 저는 우리 할리와 로미오가 단순하게 시키는 것을 하는 것 이상으로 뭔가 생각하고, 느끼고 그리고 행동할 수 있다고 생각해 봤어요. 그래서 오늘은 우리 할리와 로미오에게 새로운 실험을 해 보려고 합니다. 사실 오늘 처음으로 시도하는 것이기에 우리 가족들 모두 긴장하고 있어요. 하하! 어쩌면 실패할 수도 있고요."

'실험? 어떤 실험? 개가 생각하고, 느끼고 그리고 행동하게 하는 실험? 그게 뭐지?'

김 차장은 자신도 모르게 침을 삼켰다.

민성이 아빠는 마루 한쪽에다 컵, 종이, 공, 인형, 휴지를 차례로 간격을 두고 놓았다.

"자, 어린이 여러분. 다시 이야기를 하는데요. 우리 할리와 로미오에게는 이번이 첫 실험이에요. 그래서 틀릴 수도 있고 결과는 아무도 몰라요. 민성이와 저도 모른답니다. 하지만 우리 할리와 로미오는 잘할 수 있을 거예요. 여러분들도 그렇게 생각하지요? 자! 그럼 우리 할리와 로미오에게 큰 박수 주시구요. 시작할게요. 우선, 할리입니다. 할리 너무 이쁘죠? 지금 6살이고요, 말티즈종입니다. 자! 할리야, 저기 앞에 물건들 보이지? 이름은 당연히 알 것이고. 오늘은 저 물건 중에서 아빠가 말하는 것을 가지고 오면 되는 것인데, 어떤 물건이냐면… 음… 아빠가 지금 물을 마시고 싶은데 물은 있는데 이게 없네. 할리야, 물 마시려면 뭐가 필요하지?"

민성이 아빠가 MLF 마이크에 대고 할리에게 이야기를 했다.

'뭐…? 물을 마시려면 뭐가 필요하냐고 물어본 거야?'

"어머머! 얘 이거 신기하고 재밌겠다."

아내가 흥미롭다는 듯이 박수를 쳤다. 김 차장은 뭔가 조작이 아닌가 또다시 의심병이 들었지만 묵묵하게 영상을 응시했다. 할리는 진짜 뭔가를 생각하는 듯한 표정을 짓고 머뭇거리고 있었다.

"아… 목마르다. 할리야, 아빠는 물만 있네. 근데 이게 없네."

민성이 아빠는 할리에게 힌트를 주려는 듯한 표정으로 목이 마르다고 마이크에 대고 속삭이고 있었다.

할리는 5개의 제품이 놓여 있는 마루 한쪽으로 천천히 가더니 제품 하나하나를 쳐다보고 있었다. 마치 물을 어디에 마셔야 하는 것을 고민하는 듯이 보였다. 이때였다. 할리가 5개의 제품 중 컵을 입으로 물고는 민성이 아빠에게 가져다주는 것이었다.

"아이고! 우리 할리. 어린이 여러분들, 이거 보셨어요? 물을 마셔야 한다고 하니까 할리가 제게 컵을 가져다주었어요! 저도 너무 놀랐네요! 맞아요. 컵을 가지고 오라고 하지 않고 물을 마셔야 한다고 하니까 할리는 물을 마실 때 컵이 있어야 한다고 생각을 하고 행동한 거예요! 정답을 맞춘 할리에게 여러분들, 큰 박수 주세요!"

짝짝짝!

동생 상우가 크게 박수를 쳤다. 덩달아서 철우도 박수를 쳤다. 김 차장도, 아내도 박수가 저절로 나오게 되는 그런 상황이었다. 동물이 사람의 언어를 알아듣게 되더니 이제 사람처럼 생각을 하게 되었구나…. MLF의 가공할 위력을 느끼는 그런 순간이었다.

동영상은 푸들인 로미오가 민성이 아빠가 화장실에 가고 싶다고 하니 예상대로 휴지를 물고 오는 것으로 마무리되었다.

"정말 대단하다. 놀랍다, 애들아."

아내는 철우와 상우에게 말했다.

"그렇지, 대단하지? 엄마. 그러니까 우리도 얼른 강아지 사고 MLF 사서 같이 놀자."

철우와 상우가 다시금 MLF 타령을 시작했다. 반면에 김 차장의 표정과 마음은 매우 혼란스러웠다….

* * * * * * * * * *

그날도 샤넬은 구서희가 출근하는 모습을 물끄러미 바라보고 있었다. 구서희는 매일 아침마다 샤넬을 안아 주고, 뽀뽀해 주고, 사료를 주고, 마실 물을 갈아 줬고, 같이 놀 공과 인형을 넣어 줬지만 아직은 샤넬이 울타리 안에서만 있어야 하기에 마음이 늘 짠했다. 배변 활동에 적응이 되면, 차츰 울타리를 치우고 자유롭게 마루에서 혼자 생활하게끔 할 계획이었다.

"샤넬, 오늘 저녁에 이 언니가 주문한 MLF가 오니까 그럼 그때부터 우리 재밌게 이야기하자."

구서희는 한 달 전에 주문한 MLF가 오늘 오후에 드디어 회사로 배송이 될 것을 생각하니 너무 가슴이 벅차올랐다. 본인의 월급을 생각한다면 큰 지출이었지만 샤넬과의 대화를 생각한다면 그 정도는 아무것도 아니었다. 아니, 그 이상의 지출과 노력이 들어도 그녀는 당연히 해야지 하는 마음뿐이었다.

드디어 샤넬과 이야기를 할 수 있게 되다니! 그럼, 어디 가서 똥, 오줌 싸라고 하면 되니까 그렇게만 말 잘 들으면 샤넬도 금방 울타리 밖으로 나와서 하루 종일 자유롭게 뛰어다니면서 지낼 수 있을 거야. 구서희는 마치 자신이 울타리에서 나오게 되는 것처럼 좋았고 마음이 너무 홀가분해지는 것을 느꼈다.

MLF를 주문하고 나서 일이 손에 잡히지 않을 정도로 구서희는 마음이 들떠 있었다. 방송과 SNS에서는 벌써 MLF를 구매한 많은 사람들의 후기가 연일 도배를 하고 있었는데 사람들의 기대보단 아직 효과에 대해서 WWW!가 퍼트린 동영상처럼 확실하게 증명되진 못했다. 하지만 제품은 매일 불티나게 팔려 나가고 있었고 그로 인해 상상을 초월하는 매출이 발생하고 있었다. 이로 인해 WWW!는 계속해서 홍보 영상을 제작해서 퍼트리고 있는 실정이었다.

퇴근 시간까지 10분 남았지만 구서희는 자신도 모르게 엉덩이가 들썩거려졌다. 지금 바로 자신의 손 안에 그토록 그리던 MLF가 있기 때문이었다. 퇴근 시간이 되자마자 구서희는 짐을 챙겨서 샤넬이 기다리고 있는 집으로 향했다. 역시나 샤넬은 울타리 안에서 오도 가도 못 하고 하루 종일 그 안에서만 있었고 울타리 안에다 오줌과 똥을 싼 상태였다. 구서희는 얼른 배변물을 치우고 나서 MLF 포장지에 있는 바코드를 입력해서 MLF 서비스 센터에 칩을 장착할 날짜와 시간을 예약했다. 자신의 번호 앞에 이미 2,500명의 대기자들이 있었다.

구서희는 예약된 날짜에 하루 휴가를 내고 샤넬을 MLF 서비스 센터에 데리고 가서 간단한 인증 절차를 거치고 나서 샤넬에게 MLF 칩을 심었다. 매우 간단한 작업이었지만 이 간단한 작업만으로도 샤넬과의 소통이 자유로워진다는 것에 또 한 번 놀랐다.

　집으로 돌아온 구서희는 서비스 센터에서 배운 대로 MLF 마이크의 전원을 켰다. '삐' 소리가 나자 샤넬이 약간 움찔하면서 반응을 했다. 아마 뭔가 특별한 소리가 샤넬의 귀를 자극한 듯 했다.

　"샤넬, 이제 이 언니랑은 이것을 통해서 함께 이야기하는 거야! 마음속에 있는 그 무엇도 다 이야기하는 거야."

　구서희는 MLF 칩 삽입 후 목 뒤가 찝찝한지 낑낑대고 있는 샤넬에게 이야기를 했다. 아직은 뭐가 뭔지 알아들을 수가 없다는 듯이 샤넬은 구서희의 이야기에 아랑곳하지 않고 그저 낑낑대고 있었다.

　'당연하지. 어떻게 바로 사람의 말을 알아듣겠어? 오늘부터 이제 매일매일 훈련시켜야지. 호호.'

　구서희는 손에 들고 있는 MLF 마이크가 마치 마법의 신비한 지팡이처럼 소중했고 신기했다.

　"샤넬, 우선 이 언니를 잘 쳐다봐야 한다. 언니가 하나하나 이야기를 할 때마다 집중해서 들어야 하고, 그래야만 우리가 같이 재밌게 살 수 있는 거야. 그걸 대화라고 하는 거야, 샤넬."

구서희는 낑낑대는 샤넬을 안아 들고서 자신의 얼굴을 가져다 대면서 말했다.

"자, 우선 샤넬아, 앉아 봐."

구서희는 샤넬을 바닥에 내려놓으면서 이야기를 했다. 샤넬은 여전히 말을 알아듣는 느낌은 아니었다.

"그래, 샤넬. 하나하나 배우면서 하자. 사람도 말 배우려면 시간이 걸리는데, 호호."

구서희는 지난 주말에 책방에서 산 어린이 그림책을 가지고 와서 샤넬에게 그림책을 펼쳐 보였나.

"샤넬, 이게 자동차야. 기억해, 자동차. 이건 자전거. 따라 해 봐. 자전거! 그래, 자! 전! 거!"

샤넬은 그저 구서희가 가리키는 그림들을 멀뚱멀뚱 들여다보고 있었다.

3부

오후 :
혼돈(混沌)

김지훈 교수는 문득 예전에 어떤 책에서 본 '휴브리스'라는 단어가 떠올랐다.

'그래, 맞아. 바로 이거야…. 인간이 걷잡을 수 없이 오만해져서 휴브리스를 가지게 된 거야. 근데 이건 아무리 생각해도 아니야.'

자신의 품에 안겨 자고 있는 박 교수가 피곤했는지 살짝 코를 골고 있었다. 김 교수는 어젯밤에 박 교수의 아파트에 와서 술 한잔을 하고는 격렬하게 사랑을 나눴다. 최근의 잦은 방송 출연 등과 인터뷰로 피곤한 몸 상태였지만 박 교수를 만나면 잠자고 있던 남성의 본능이 깨어나는 듯했다. 신기했다.

김 교수는 그런 박 교수가 늘 고마웠다. 7년 교제하고 결혼 생활을 이어 가던 김 교수에게는 자녀가 없었고 아내가 늘 우선이었다. 하지만 2년 전 아내와 함께 지방으로 여행을 가던 중 고속도로에서 갑자기 튀어나온 야생동물을 피하려다 일어난 사고로 아내와 사별하게 되었고, 그 이후 한동안 사회 생활을 극도로 피하고 있었다.

그러다 자신이 가르치던 제자였던 박 교수를 우연히 학회에서 만나게 되었고 2년간 잊었던 인간에 대한 사랑을 다시금 느끼게 되었으며 결국 지금의 관계로까지 이르게 된 것이었다. 운명이었나 할 정도로 김 교수는 박 교수에게 순식간에 빠졌고 지금처럼 연인의 관계로 발전되어 온 것이 신기하기까지 했다. 하지만,

박 교수와의 관계와는 별개로 그 차량 사고로 인해 아내를 잃었고 그 시간 이후부터 동물에 대한 미움과 증오가 시작된 것이 아닌가 생각이 들었다.

그럴 만도 하지⋯. 내가 그 이후로 어떤 동물들에게도 정이 가지 않고 증오가 생긴 것이 그냥 우연은 아니었어. 생각하기도 싫지만 그때만 생각하면 세상의 동물이 모두 싫어. 그렇지만 결과가 아이러니하게 지금의 이진이를 만난 계기가 되었으니⋯. 참 세상 묘하네⋯.

"또, 담배야? 내가 침대에서 담배 피우는 거 싫어하는 거 알면서 왜 그래요?"

박 교수가 담배 냄새를 맡았는지 눈을 반쯤 뜨며 말했다.

"아, 미안, 미안. 난 이진이가 자는 줄 알았는데, 깼네. 나 땜에 깬 거야?"

김 교수는 얼른 담배를 다 마신 커피 잔 속으로 던져 넣으며 껐다.

"아무리 자고 있다고 해도 담배 냄새는 싫어요. 그리고 커피 잔에다 담배를 끄면 어떡해요."

"내가 또 내 생각만 하고 있었네. 미안, 미안."

"또 이러면 저 화 낼 거예요. 그나저나 무슨 생각하고 있었어요?"

박 교수는 졸린 듯 다시 눈을 감으며 이야기했다.

"응⋯ 이진아, 혹시 휴브리스라고 들어 본 적 있어? 그리스 신화에 자주 나오는 말이라고 알고 있는데."

"휴브리스? 아니요, 그게 뭐예요?"

박 교수는 김 교수가 가끔 뜬금없는 생각과 행동을 하는 것을 잘 알고 있었다. 교수라는 직업에 어쩌면 가장 잘 어울리는 그런 사람이라는 생각도 들었다. 평범하지 않고 뭔가 새로운 것을 추구하고 발전해 나가는 모습이 학생들에게 그리고 교육계에 필요하다고 생각하고 있었기 때문이었다.

"과거에 성공한 사람이 자신의 능력과 방법을 우상화함으로써 결국 오류에 빠지게 된다는 말인데 인간이 신의 영역까지 침범하려고 하는 과도한 오만함이라고도 하지."

김 교수는 사뭇 진지했다.

"자신의 능력과 방법을 우상화한다고요?"

박 교수는 처음 듣는 단어지만 흥미가 갔다.

"응, 맞아. 어찌 생각해 보면 인간이 저지를 수 있는 최악의 선택일지도 몰라."

김 교수는 매우 강한 어조로 말했다.

"그래서 결국 오만에 빠진 인간이 어떻게 된다는 거예요? 다 망하는 건가?"

"그 오만함을 내려놓지 못해서 결국은 파국으로 가게 된다는 거지."

"근데, 갑자기 왜 그런 생각을 하게 되었어요?"

박 교수는 가끔 쓸데없이 진지한 이 남자가 매력 있어 보일 때가 있었다. 평범함을 거부하고 늘 새로운 것을 상상하고 행동하는 것에 이상하게 끌릴 때가 있었다. 침대에서의 잠자리도 마찬가지였다. 뭔가 새로운 것을 해 보려고 하는 것 때문에 처음에는 적응하는 데 어려움이 있었지만 지금은 그 신선함과 재미에 박교수 본인도 빠진 듯했다. 그러한 여러 가지 때문에 결국 오늘의 이러한 관계로까지 이어진 것이라 생각했다.

"MLF 때문이야."

김 교수는 박 교수를 물끄러미 바라보았다. 나체로 있는 박 교수를 보니 몇 시간 전에 뜨거운 잠자리를 가졌음에도 다시 안고 싶다는 생각이 들 정도로 박 교수는 충분히 섹시했다. 다시 불끈거림을 느꼈다.

"MLF요? 그 기계 때문에요?"

박 교수는 의아한 듯이 물었다.

"응, 맞아. 그 기계 때문에 그 단어가 떠올랐어. 난 아무리 생각해도 인간들이 신의 능력에 도전하려고 하는 것 같거든. 근데 이건 아니라고 생각해. 인간과 동물이 확실히 구분되어 있음에도 왜 그런 기계를 만들어서 인간과 동물과의 확실한 경계선을 허물려고 하는지 나로서는 이해가 안 간단 말이야."

"그럼 오빠는 지금 MLF를 통해서 인간이 신의 권한에 도전하고 있다고 생각하는 거야? 근데 오빠, 무신론자 아니었어? 원래부터 신을 믿고 있었어?"

가끔 박 교수는 김 교수를 오빠라고도 불렀다.

"이진아, 내가 무신론자이고 아니고는 지금 중요한 것이 아냐. 그건 시대의 변화에 아무런 역할을 하는 것이 아니기에 큰 의미가 없다고 생각해. 신이 있건 아니건 지금의 사태는 무언가 생태계가 존재하는 이유를 파괴하는 행위라고 생각해. 동물이 인간의 언어를 이해하고 그에 따라 움직인다는 깃이 맞는 방향이라고 생각해? 인간과 동물의 차이점 중 가장 큰 것 중 하나가 바로 언어와 의사소통인데 그것이 통째로 없어지는 상황이라고. 이건 대자연의 큰 흐름을 거스르는 행위라고. 내가 생각하는 신이라는 건 대자연과 오랜 시간 동안 만들어진 규칙이야."

"물론 나도 그런 점에서 어느 정도는 오빠의 말에 공감도 하고 사실 걱정도 되긴 해."

"이진이 너는 MLF 출시되는 것에 대해 찬성하고 좋아하잖아?"

"나는 아무리 과학이 발달해도 인간의 그 복잡하고 다양한 언어를 동물들이 이해하는 데는 당연히 한계가 있다고 생각했거든. 그래도 지금보다는 기본적인 것을 좀 더 알아듣게끔 하는 그 정도라고 생각했어. 그런데 MLF 동영상을 보고 나도 많이 놀랐어…."

"그게 바로 문제라는 거야. 그게 바로 핵심이야, 이진아."

"어떤 문제?"

"과학의 발달이 너무 급속도로 진행되고 있는 것이 문제야. 지금의 발전 속도를 보면 이제는 이 흐름을 막을 수가 없다고 봐. 이미 너무나 많은 발전을 이뤄 냈기에 그 기반 위에서 계속해서 뭔가가 쏟아져 나오는 이 속도와 트렌드는 누구도 막을 수 없다고 생각해. 나중에는 분명 우리가 감당하지도 못하고 컨트롤하지 못하는 그 정도의 과학 문명이 다가올 거야. 아니, 나는 이미 가까이 가 있다고 생각해. 가장 기본적인 자연의 질서도 무시하고 과학이라는 명분하에 오만방자해져서 결국 우리 스스로 파멸에 이르게 될 것이라고 난 생각해."

김 교수는 말을 이어 갔다.

"그래서 나는 이제 이 정도 과학 발달이면 충분하지 않았나 싶은 생각이 많이 들어. 이진이 너도 그렇고, 나도 그렇고 주변 사람들의 이야기를 들어 보면 과학의 발달 속도에 두려움을 느끼고 있는 사람들이 많아. 너도 알잖아?"

"그래서 오빠는 이제 어떻게 해야 한다고 생각하는 거야? 이대로 과학의 발달을 멈춰야 한다고 생각하는 거야?"

박 교수는 최근에도 '과학의 발달, 그 한계는?'이라고 하는 토론회를 본 기억이 났다. 얼마 전에 TV에서 방영된 것이었는데 MLF

의 열풍이 불어서 과학기술의 급속한 발전으로 인한 미래 사회의 문제점에 대해서 토론회를 하는 것을 본 기억이 떠올랐다.

"난 솔직히 멈췄으면 좋겠어. 물론 내가 인문학을 공부한 사람이기에 과학에 대해서 잘 모르지만 난 솔직히 많이 두려워. MLF가 그 출발점이 된 거 같다는 생각을 지울 수가 없어."

김 교수는 자신의 SNS에 과학기술이 가지고 온 현 사회의 문제점에 대해서 지난주에 글을 올렸다.

과학의 발달은 인류에게 수많은 혜택을 제공했지만, 동시에 미래를 대비해 고려해야 할 여러 가지 문제점과 도전 과제를 동반하고 있습니다. 제가 보는 관점에서 과학의 발전이 가지고 온 문제점과 발생하게 될 문제점은 다음과 같습니다.

1. 환경 문제 : 기술과 산업화의 발전으로 인한 환경 파괴가 급격히 증가하고 있습니다. 기후 변화, 생태계 파괴, 자원 고갈 등의 문제는 전 세계적인 과제로 작용하며, 지속 가능한 해결책을 찾는 것이 절실하게 필요합니다.
2. 기술적 고용 대전(大戰) : 자동화, 인공 지능 및 로봇 공학의 발전으로 대부분의 많은 직업이 자동화될 것이기에, 기술적 고용 대전이 발생할 수 있습니다. 이로 인해 매우 심각한

일자리 소실과 고용 문제가 발생할 것입니다.

3. 데이터 개인 정보 보호 : 디지털 시대의 도래로 많은 양의 개인 정보가 수집되고 공유됩니다. 이로 인해 개인 정보 보호와 사생활 보호 문제가 더욱 중요해지고 있습니다.

4. 생명 과학의 도덕적 고민 : 생명 과학의 발전은 유전자 편집 및 인간 개조와 같은 도덕적으로 복잡한 문제를 야기하여 윤리, 법률 및 정책적 지침이 필요합니다.

5. 사이버 보안 : 컴퓨터 및 네트워크 기술의 발달로 사이버 공격의 위협이 이미 커졌습니다. 개인, 기업 및 정부는 사이버 보안을 강화해야 합니다.

6. 과학적 부당함과 편향 : 과학 연구에서의 부당한 영향, 편견, 사회적 편향 및 충돌은 신뢰성 있는 과학 연구에 도전을 제기하고 있습니다.

7. 무기화된 인공 지능 : 강력한 인공 지능(AI)의 개발은 무기화된 용도로 사용될 것입니다. 이에 대한 규제와 심각한 윤리적 고려가 필요합니다.

8. 과학과 정치의 상호작용 : 정치적 이익을 위해 과학이 부정되거나 혼란스럽게 사용되는 경우가 발생합니다. 과학과 정치의 관계에 대한 고민이 필요합니다.

9. 복잡한 윤리적 문제 : 기술과 과학의 발전은 복잡한 윤리적

문제를 야기합니다. 인간의 개입, 인공 생명체, 로봇의 권리와 책임 등이 이에 해당합니다.

박 교수가 말했다.

"나도 사실은 좀 두렵지만 이렇게 세상이 바뀌고 있는 것에 대해 내가 할 수 있는 것이 없잖아? 오빠도 그렇고, 나도 그렇고. 그래서 나는 새로운 과학 기술이 나오면 최대한으로 빨리 익히고 받아들이는 수밖에 없다고 생각하는 쪽이야. 그렇지 않으면 세상의 발전을 쫓아갈 수도 없고…."

박 교수는 벌거벗은 채로 침대에서 일어나 물을 마시기 위해 부엌으로 갔다. 김 교수는 그런 박 교수를 물끄러미 바라보며 담배를 꺼내 물고 조용히 말했다.

"뭔가 느끼고 알아챘을 때 하지 않으면, 뭐라도 하지 않으면 바뀌는 것은 아무것도 없어…. 제기랄."

****

미미를 데리고 동물병원에 간 것은 미미가 수지네 집에 입양되어 온 지 5개월째였다. 수지는 미미가 최근 들어 사료를 잘 먹지 못하고 먹은 것을 토하기에 근처 동물병원에 데리고 갔다 왔다.

"엄마, 미미 데리고 병원에 갔다 왔어."

수지가 미미를 안고 집으로 들어오면서 말했다.

"응, 그래. 병원에서 뭐라고 해?"

수지 엄마는 TV에서 예능 프로그램을 보고 있던 중이었다. 젊은 10명의 남녀들이 단체로 2박 3일 동안 숙박하면서 서로를 알아 가고 눈치 게임을 하듯이 지내면서 짝을 찾는 그럼 프로그램이었는데 요즘 최고 핫이슈였다. 엄마는 마치 본인이 그 참가자들 중의 한 명이라도 된 듯이 프로그램에 푹 빠져서 시청하면서 연신 감탄사를 내고 때로는 출연자들의 행동에 대해 화를 내기도 했다.

"응, 간단한 소화불량이래. 약 받아 왔어."

"그래? 다행이다. 우리 미미 공주님 고생했네."

엄마는 미미를 한 번 쳐다보고는 다시 프로그램으로 눈이 갔다.

"엄마, 근데 도대체 아빠 언제 MLF 사 온대?"

수지는 알바를 아무리 해도 MLF를 살 돈이 충분치 않아서 아빠를 졸라 3주 전에 사기로 약속을 받아낸 상태였다.

"오늘 아빠가 편의점으로 배달 받아서 오신다고 한 거 같은데?"

"아이 참, 아빠는 그걸 왜 편의점으로 배달시켜? 이렇게 집에 사람이 있는데 말이야."

수지는 군이 MLF를 편의점으로 배송시킨 아빠가 이해되지 않왔다.

"가게는 그래도 사람이 늘 있는데, 집은 엄마도 나갈 때가 있으니까 그런 거 아니겠어? 그게 얼마짜리인데."

여전히 엄마는 TV에서 눈을 못 떼고 있었다. 마침 짝짓기 프로그램 참가자들이 마지막 최종 선택을 하고 있는 상황이라 엄마는 더욱 흥미진진하게 보고 있는 중이었다.

"아휴! 누굴 선택할지 내가 다 떨리네, 호호."

엄마는 정말로 프로그램 참가자가 된 듯한 표정이었다.

띠띠띠 띠링~ 그때 마침 현관 자동문이 열리는 소리와 함께 수지 아빠가 MLF를 들고 마루로 들어섰다.

"수지야, 이거 받아라. 이제 우리도 미미와 이야기 좀 해 보자. 하하!"

수지 아빠는 의기양양한 표정으로 집에 들어서자마자 MLF를 언박싱하고 WWW! 서비스 센터에 예약을 했다.

그로부터 2주일 후, 미미에게도 MLF 칩이 심어지게 되었고 MLF 마이크를 통해 수지네 가족은 미미와의 소통을 시도해 보고 있었다.

"미미야, 이리 와 봐."

수지가 미미를 불렀다. 세 가족이 마루에 서로 멀찌감치 앉아서 미미를 각자 불렀다.

자신을 부르는 소리를 들은 듯, 미미는 천천히 정말로 수지에게로 걸어갔다.

"어머! 진짜 사람 말 알아듣나 봐! 신기하다, 신기해! 어이구, 이뻐라."

수지가 박수를 치면서 다가온 미미를 안아 주었다.

"마이크 이리 줘 봐. 미미야, 이번엔 아빠다. 아빠한테 와서 아빠 앞에서 앉아."

MLF 마이크를 건네받은 아빠는 곧바로 미미에게 새로운 명령을 했지만 미미는 못 들은 듯, 수지 곁에서 움직이지 않았다. 계속 수지의 손을 핥고 있었다.

"미미야, 이리 와. 아빠에게 와 봐라."

아빠는 계속해서 미미를 불렀지만, 미미는 꼼짝도 하지 않았다.

"에이, 여보. 이리 줘 봐요. 우리 미미 공주님, 이번엔 엄마에게 오세요."

수지 엄마는 나근나근한 목소리로 미미를 불렀지만 여전히 미미는 움직이지 않았다.

"엄마, 아빠. 미미가 우리랑 지금 몇 개월밖에 안 살았는데 어떻게 사람 말을 알아듣겠어? 말이 돼? 아직 우리 사람 말 알아들으려면 계속해서 훈련을 시켜야 한다고. 동영상 안 봤어? 이거

칩 심었다고 동물들이 바로바로 사람 말 알아듣는 게 아니고 적어도 사람과 2년 이상은 같이 산 동물들이라야 조금은 쉽게 말을 알아듣는다고 했잖아."

사실 수지도 바로 사람 말을 알아듣지 못하는 미미가 좀 아쉬웠지만 WWW!가 최근에 발표한 내용을 보고 이런 사실을 알았다. 아무래도 MLF를 사용하고 있는 소비자들의 기대감이 너무 커서 세계 곳곳에서 불만이 터져 나오니 회사 측에서 이에 대해 해명을 한 듯싶었다.

"2년 이상 같이 살았어야 한다고? 그렇게나 오래?"

엄마는 조금 실망한 모습이었다.

"응, 최소 2년 이상 사람들과 같이 산 동물들은 그동안 사람들의 이야기를 계속 들어서 그래도 뭔가를 좀 빨리 알아듣는다고 했어. 그래서 진짜 오랫동안 사람들과 같이 지낸 동물은 빠르면 한 달 정도만 있어도 어느 정도 말을 알아듣고 영상처럼 행동한다고 했어. 같이 산 지 2년 미만인 동물들은 그래서 훈련을 시키라고 했어. 물건 단어들을 계속해서 말해 주고 책도 읽어 주라고 하던데."

"뭔 책?"

아빠가 물었다.

"그냥 애기들에게 읽어 주는 동화책 같은 거 읽어 주면 애기들처럼 사람의 말과 단어에 익숙해진다고 했어."

수지가 WWW!의 동영상에서 본 것을 설명해 줬다.

"그럼, 오늘부터 우리 3명이서 돌아가면서 미미에게 동화책 읽어 주자."

뜻밖에도 아빠의 제안이었다.

"그래, 그렇게 해 보자. 어차피 MLF 이거 샀으니 최대한 활용하려면 동화책 읽어 줘야겠네."

엄마도 동의했다.

"근데, 수지야. 오늘 미미 병원 갔다 왔잖아. 어디 아팠는지 한번 물어볼까?"

엄마의 제안이었다.

"아니, 엄마는 지금 방금 설명했는데 못 알아들었어? 미미가 어디 아픈지 어떻게 이야기하겠어?"

수지는 엄마를 보고 어이없어했다.

"그래도, 혹시 알아? 미미가 아픈 곳을 우리에게 가르쳐 줄지?"

엄마의 호기심에 어린 제안에 가족 모두는 미미를 동시에 쳐다봤다. 미미도 자신을 쳐다보는 눈빛이 느껴졌는지 가족들을 이리저리 쳐다보기 시작했다.

"참 나… 알았어. 그럼 내가 한번 물어볼게. 만약에 미미가 어디 아픈지 이야기를 하면 미미는 천재 강아지다. 미미야, 오늘 아파서 이 언니랑 병원에 갔다 왔는데, 어디 아픈 거야? 머리야, 배야, 다리야, 어디야?"

가족들은 미미를 둘러싸고 앉았고 수지는 MLF 마이크에 대고 조곤조곤 말을 했다. 다들 미미를 뚫어져라 보고 있었다.

"얘, 그렇게 물어보면 미미가 어떻게 알아듣고 대답을 하겠어? 이리 줘 봐."

엄마는 수지로부터 MLF 마이크를 빼앗아 묻기 시작했다.

"미미야, 어디 아픈지 엄마가 물어볼 테니까 맞으면 고개를 끄 덕끄덕하고 아니면 고개를 이렇게 가로서으년 된다. 알았지? 자, 물어볼게. 미미야, 머리 아팠어?"

엄마는 자신의 머리를 만지면서 미미에게 물었다.

미미는 엄마의 이야기를 알아들었는지 못 알아들었는지 멀뚱 멀뚱 엄마를 쳐다보면서 가만히 앉아 있었다.

"응, 머리는 아니구나. 다행이다. 미미야. 머리 아프면 안 돼. 머리 아프면 그건 큰일 난 거야. 자, 그럼, 배가 아팠던 거야?"

이번에는 자신의 배를 어루만지면서 미미에게 물었다. 하지만 미미는 가만히 별 반응이 없었고 다리 아프냐고 물었을 때도 역 시 반응이 없었다. 그 후로도 신체 몇 군데를 지칭하면서 물어봤 으나, 미미는 특별한 반응을 보이지 않았다.

"엄마, 내가 뭐라고 했어? 아직 사람과 많이 지내지 않은 동물들은 사람의 단어라든가 문장에 익숙하지가 않기에 우선 훈련을 같이 해야 하고 그리고 난 후에 제대로 알아듣게 된다고 했잖아. 미미는 좀 더 같이 훈련해야 해.”

MLF가 제대로 작동해서 미미랑 이야기를 하는 꿈에 부풀어 있는 수지에게는 그깟 훈련 따위는 아무것도 아니었다.

‘미미 훈련 열심히 시켜서 꼭 미미랑 이야기할 거야!’

수지는 멀뚱멀뚱 쳐다보고 있는 미미를 보면서 속으로 굳게 다짐했다.

* * * * * * * * * *

MLF의 출시와 판매 그리고 그 광풍 같은 열기에 힘입어 TV에서는 MLF를 장착한 동물들의 능력을 겨루는 프로그램도 등장했다. WWW!의 로비와 마케팅으로 인해 개최되는 특별 프로그램으로, 인기 연예인들과 그들의 반려동물이 출연해서 각자 자신들의 반려동물들이 MLF 칩 장착 이후 얼마나 사람들과 소통하면서 지내는지를 보여 주는 프로그램이었다. 어디를 가나 사회적으로 MLF가 워낙에 핫이슈이기에 시청률 역시 확실히 담보된 기획 프로그램이었다.

출연자 5명 중 4명이 개를 데리고 나왔고, 한 명은 고양이와 함께 출연했다. 모두 다 자신의 반려동물들과 5년 이상 같이 산 연예인들로 뽑았다고 사전에 안내 멘트가 나왔다.

첫 번째 출연자의 경우 MLF 칩을 심고 4개월이 흘렀으며 그동안 매일같이 MLF를 통해 같이 소통하고 있다고 했다. 그는 특이하게도 자신의 반려견이 자신의 감정을 알아차리고 반응할 수 있다고 했다. 일찍이 WWW!의 동영상에서도 소개된 비슷한 것이지만 이번엔 특이하게 반려동물의 감정표현이 아닌 주인의 표정이나 행동을 보고 주인의 현재 감정 상태가 어떤지를 반려동물이 알아맞힌다는 그린 내용이있다. 인간의 표정이나 행동으로 그 사람의 감정을 알아맞힌다는 것은 기본적으로 반려동물이 사람의 표정이나 동작에서 슬픔, 기쁨, 분노 등을 파악할 수 있어야 했고, 그러한 감정이 무엇인지를 대충이라도 알아야 했기에 고난도의 시도라고 했다. 대략 유치원 정도의 아이들이 파악할 수 있는 정도의 커뮤니케이션이기에 과연 동물이 그런 것을 할 수 있을까 궁금증을 유발시키기에는 충분했다.

반려견 주인으로 나온 탤런트 최성호는 MLF 마이크를 통해 전화를 받는 연기를 시작했다.

"아니, 그러니까 그렇게 약속을 지키지 않으시면 우리 비즈니스 사이에 신뢰가 생기겠습니까? 사장님, 입장 바꿔 생각해 보세요. 입금을 해 주시기로 하셨으면 입금해 주셔야 되는 거 아닙니까? 그래야 저희도 먹고살지요. 정말 화가 많이 나네요. 이러면 저는 사장님과 이제 비즈니스 못 하니까 그리 아세요!"

평소에도 연기를 잘하는 탤런트였기에 어찌 보면 그의 연기를 보면서 자란 그의 반려견도 속은 듯했다. 최성호의 연기가 끝나자 진행자는 해당 반려견에게 MLF 마이크를 통해 말했다.

"자, 망고야. 지금 아빠가 누구랑 전화를 하고 있는데 기분이 어떤 거 같아요? 기분이 좋은 거 같아요?"

그 말을 듣고 망고는 잠시 무엇인가를 생각하는 듯하다가 격하게 고개를 저으면서 멍멍 짖기까지 했다.

"아~ 아빠가 지금 기분이 좋은 건 아니군요. 그래, 잘했네. 참 똑똑하다, 망고. 그럼 아빠가 지금 화가 난 거 같아요?"

시청자들과 방청객들의 예상대로 망고는 고개를 끄덕였다.

"아~ 아빠가 화가 많이 난 상황이구나. 그럼, 망고야? 아빠가 화나면 어떻게 해야 해요?"

진행자의 말이 끝나자마자 망고는 몸을 최대한 낮추고 엎드렸다. 평소에도 최성호가 화가 나면 자신에게도 불똥이 튀었는지 알아서 얌전히 있는 그런 행동을 한 것이었다.

다른 참가자들은 기립하면서 박수를 쳤고, 방청객들도 모두 놀라서 뜨거운 박수로 망고를 칭찬했다.

"와… 정말 대단합니다. 망고는 최성호 씨의 전화 내용을 듣고 최성호 씨의 현재 감정 상태가 어떤지를 알아챘고 그리고 자신이 이 상황에서 어떻게 행동해야 하는지도 알고 있습니다. 와, 정말 보면 볼수록 신기하고 놀랍네요. 최성호 씨, 전에도 망고가 이렇게 똑똑했나요?"

사회자는 연신 망고를 칭찬하면서 최성호에게 물었다.

"네, 물론 망고가 진돗개이기에 원래 좀 똑똑하긴 했지만 이 정도는 아니었죠. 어떻게 제 통화 내역을 듣고 저희 감정 상태를 알 수 있는지 제 개이긴 합니다만 너무 놀랍네요. 그리고 더 놀라운 것은 MLF 사용 이후 망고가 하루하루 더 똑똑해지는 것을 느낀다는 것입니다."

망고 주인인 탤런트 최성호는 자랑스러운 듯이 어깨를 으쓱대면서 답변했다.

"참, 시청자와 방청객 여러분들 혹시 오늘의 이 프로그램이 사전에 출연자와 방송사 측이 짜지 않았을까 하는 의구심이 생기실 수도 있겠지만 전혀 아닙니다. 맞죠? 최성호 씨?"

진행자가 최성호에게 물었다.

"네, 전혀 이야기된 것이 아무것도 없었습니다. 오늘 스튜디오에 오니 5개의 봉투가 있었고 그중 하나를 뽑으라고 해서 제가 뽑은 것이었고요. 근데 이런 내용이 있었는지는 저도 진짜 몰랐습니다. 봉투를 열어서 내용을 보고는 과연 우리 망고가 이걸 할 수 있을까 했거든요. 근데 정말로 망고가 저의 대화 내용으로 저의 감정을 알아맞히는 것을 보고 저도 많이 놀랐습니다. 하하."

그리고는 출연자들이 방송국에 도착하자마자 담당 PD가 5개의 봉투에서 하나를 뽑게 하는 사전 녹화 영상을 보여 주었다.

"탤런트 최성호 씨와 그의 똑똑한 반려견 망고! 정말 수고 많았습니다. 매우 놀라운 것을 보여 주셨는데요. 최성호 씨한테 부탁 하나 드리겠습니다. 이제부터는 화가 나셔도 망고에게 뭐라고 하지 마시기 바랍니다. 망고가 최성호 씨가 화가 난 것을 보고 쫙 엎드리는 것을 보니 마음이 아팠습니다. 하하, 저희랑 시청자 분들에게 약속하실 수 있으시죠? 이제 화가 나셔도 망고 계속 이뻐해 주신다는 거! 믿고 있겠습니다. 하하."

진행자의 유쾌한 멘트가 끝나고 나자 두 번째 출연자가 나왔다. 이번에 출연한 개의 경우는 냉장고를 열어서 사과를 가지고 오라는 명령을 정확하게 수행했고 세 번째 출연한 고양이는 자신이 점프해서 닿을 수 없을 때 어떻게 해야 하는가 하는 질문에 낮은 박스를 물고 와서 그 위에서 점프를 하는 모습을 보여 주었다. 네 번째와 다섯 번째 개의 경우는 일반적으로 할 수 있는 물건 물고 오기 등이었다. 출연한 동물들은 모두 미션을 성공리에 수행했다. 이제는 넘쳐나는 MLF 관련 동영상으로 처음과 같은 큰 반향을 일으키기는 쉽지 않았지만 사회 저명인사를 출연시켜 그들이 놀라는 장면 등은 보는 이들의 관심을 끌기에 충분했다.

　TV 프로를 보던 이 대리와 지민은 누가 말하지도 않았는데 동시에 타이거를 쳐다봤다. 사실 비용 때문에 아직 MLF를 주문하지 않았지만 곧 타이거에게 MLF 칩을 심을 계획이었다.

　"대단하다…. 놀라워…. 보면 볼수록 MLF 기능이 대단한 거 같아."

　이 대리가 지민에게 말했다.

　"놀라운데 좀 무섭기도 하다."

　여전히 지민은 MLF의 기능에 대한 두려움을 가지고 있었다.

　"왜? 타이거가 우리 말을 다 알아듣고 그럴까 봐서?"

　"응, 그렇지. 저렇게 주인이 하는 통화 내용을 듣고서도 개가 주인의 감정에 대해서 판단하고 행동하는 것을 보면 거의 사람이지 않을까 하는 생각이 들잖아. 오빠 그런 생각 안 들어?"

　지민은 다시 타이거를 물끄러미 쳐다봤다.

　"그래서 타이거에게 MLF 칩을 심는다고 해도 다 가르쳐 주지는 말자고."

　"응? 그게 무슨 말이야?"

　지민은 이 대리의 말에 솔깃했다.

"내 말은 타이거가 완전히 우리 말을 알아듣지 못할 정도의 교육만 해야 된다는 이야기야. 나도 지민이 너처럼 타이거가 우리 하는 말을 모조리 알아듣는다고 상상하면 그건 좀 아닌 거 같아. 아까 저기 나온 망고 같은 경우는 최성호가 매우 열심히 사람의 말을 가르쳤던 거 같아. 물론 그런 상황이 필요한 경우도 있겠지만 저렇게까지 동물을 사람처럼 만들 필요는 없다고 생각해."

이 대리는 프로그램을 보고 좀 많이 놀란 듯싶었다.

"나도 오빠 말에 공감해. 나도 타이거에게 모든 것을 다 가르치고 싶지는 않아."

"그렇지? 맞아. 우리가 MLF 사면 타이거에게는 우리가 필요한 것만 가르치자. 그리고 뭐 어차피 MLF 마이크가 아니면 알아들을 수도 없다곤 하지만서도. 그래도 다 가르치지는 말자."

"응, 그러자."

지민은 자리에서 일어났다.

"갑자기 왜 일어나? 어디 가게?"

이 대리가 일어난 지민의 손을 잡았다.

"물 마시러 가는데?"

"갑자기?"

"응, 왜 안 돼?"

"이럴 때 타이거를 시키면 되는 거지! 타이거! 부엌에 가서 냉장고 열고 물 가져와! 하하!"

이 대리가 타이거를 보면서 말했다. 자신의 이름을 알아들었는지 타이거는 귀가 쫑긋해지고 눈을 동그랗게 뜨면서 이 대리를 쳐다봤다.

"타이거, 물 가지고 오라고."

이 대리는 타이거가 마치 알아듣고 있다는 식으로 말했다.

"가지고 오라니까, 하하."

타이거는 그저 멀뚱멀뚱 이 대리를 쳐다보면서 꼬리를 흔들고 있었나.

"오빠는 타이거를 심부름 시키려고 MLF 사는 거야? 어이구, 불쌍한 우리 타이거."

지민은 어이없다는 듯이 타이거를 쓰다듬으며 이 대리를 쳐다봤다.

"뭐 꼭 그런 건 아니지만 하하! 타이거가 시키는 심부름을 척척 해 봐라. 얼마나 편하고 좋겠어. 타이거도 심부름 하고 간식 얻어먹고 말이야. 그게 진정한 인간과 동물의 공생이지, 하하."

이 대리는 이때다 싶었는지 지민의 팔을 힘껏 잡아당겼다.

"어머머! 왜 이래?"

"오늘도 그냥 지나칠 순 없잖아, 지민아. 흐흐."

이 대리는 지민에게 갑자기 못 참겠다는 식으로 격한 키스를 퍼

부었다. 지민도 싫지는 않은 듯 이 대리를 안고 키스를 받아들였다. 순간 이 대리는 지민의 티셔츠 속으로 손을 집어 넣었다. 두 사람의 갑작스러운 행동 때문에 타이거는 놀란 듯이 일어나 마루로 나가면서 힐끗 두 사람을 쳐다봤다. 타이거의 눈빛은 잠시 후 무슨 일이 일어나는 것을 마치 알고 있는 듯한 표정이었다….

* * * * * * * * * *

"What is the approximate global sales figure for MLF at present?"

(현재 전 세계적으로 판매된 MLF는 대략 어느 정도인가요?)

"Yes, above all, I would like to express my sincere gratitude to animal lovers around the world for their interest and love for our MLF. Sales have remained steady, and we have surpassed 6.5 million units. We apologize for any supply delays that have occurred, and we are committed to expanding our production lines to ensure a seamless supply of the products you desire."

(네, 무엇보다도 저희 MLF에 관심과 사랑을 가져 주신 전 세계 동물 애호가분들에게 진심으로 감사의 말씀을 전합니다. 현재까지 꾸준한 판매가 이어지고 있어 650만 대를 돌파했습니

다. 그래서 공급이 제때 이루어지고 있지 못한 점에 대해 진심으로 사과 드리며 생산 라인을 늘려서 원하시는 제품이 원활하게 공급될 수 있도록 최선을 다하겠습니다.)

"I think it's been four months since the release of MLF today, but you are well aware that there is a stark division of opinions regarding this product, aren't you?"

(아마 오늘이 MLF 출시가 되고 4개월이 지난 것 같은데요. 이 제품에 대해 찬반이 아주 극명하게 대립되고 있는 것에 대해서는 잘 아시죠?)

"Yes, of course, I've heard a lot of discussions and encountered the content through the media. I am listening humbly to opposing views, and we are always contemplating how to incorporate the opinions of those who support our product into the next product release. Fundamentally, we are grateful for and respect the perspectives of both sides."

(네, 당연히 이야기 많이 듣고 언론을 통해서 그 내용을 접하고 있습니다. 반대 의견에 대해서는 겸허하게 듣고 있으며 찬성하시는 분들의 의견에 관해서는 다음 제품 출시에 반영하기 위해 늘 고민하고 있습니다. 기본적으로 양쪽 모두의 의견에 감사 드리고 또한 존중합니다.)

"Summing up the arguments from the opposing camp, there is a prevailing concern regarding the outcomes following the release of MLF that surpasses the company's initial expectations. In other words, it appears that animals, too, exhibit variations in their responses. Some animals seem to be behaving and reacting beyond what we had anticipated, raising concerns. How do you address these concerns?"

(반대 진영의 이야기를 종합하면 현재 MLF 출시 이후 회사가 생각한 것 이상의 결과에 대해 우려하는 분위기입니다. 즉, 동물들도 차이가 생기는 것 같은데요. 어떤 동물들은 우리가 생각하는 것 이상으로의 지능을 통해 행동과 반응을 하고 있어서 그 부분이 우려가 된다는 것이 포인트 같습니다. 그러한 우려들에 대해서는 어떻게 생각하는지요?)

"Frankly, there are certain aspects of their concerns that we still find challenging to fully empathize with. Why should it be a concern that animals are becoming smarter? Why should it be a concern that animals communicate with us and forge a progressive relationship through that communication? We honestly find it difficult to accept those opinions. We, WWW!, will continue to develop products for perfect communication between human and animals, aiming to achieve harmony with the broader natural world, including human!"

(저희는 솔직히 아직도 그분들의 우려에 대해서 충분한 공감이 가지 못하는 부분들이 있습니다. 동물들이 똑똑해지는 것이 왜 우려가 되는지요? 동물들이 우리 인간과 함께 소통하고 그리고 그 소통을 통해 발전적인 관계를 이뤄 나가는 것이 왜 우려가 되고, 문제가 되는지 저희는 솔직히 그 의견들은 받아들이기 힘듭니다. 저희 WWW!는 지속적으로 인간과 동물의 완벽한 커뮤니케이션을 위한 제품을 개발할 것이고, 이를 통해 인긴도 포함된 대자연의 화합을 이뤄 낼 것입니다!)

"와… 저 사람, 대단한데. 아주 의지가 대단해."

정 과장이 점심 시간에 식당의 TV에서 WWW!사의 기자회견을 보면서 이 대리와 구서희에게 말했다.

"그니까요. MLF 이후에도 뭔가 계속해서 만들려고 하는 계획과 의지가 확실해 보이네요."

이 대리가 정 과장의 말에 맞장구를 쳤다.

"그나저나, 이 대리. 저거 샀어?"

"드디어! 주문했어요. 다음 주에는 배달될 거예요. 과장님은 번개한테 잘 사용하고 계시나요? 효과는 있어요? 어때요?"

"응, 내가 요즘 야근이 많아서 제대로 사용하고 있지는 못하지만 그래도 주말에는 같이 책도 보고, 한글 익히기도 하고 그러고 있어. 웃기지 않아? 개랑 같이 책 보고 책을 읽어 준다는 것이. 하하! 말세다, 말세야. 하하!"

정 과장은 자신이 번개를 앉혀 두고 그림책을 읽어 주는 모습을 떠올리며 웃었다.

"과장님은 번개한테 여자 친구 강아지 소개받고 싶냐고 묻는다고 하지 않으셨어요?"

이번에는 구서희가 물었다.

"응, 맞아. MLF 칩 심자마자 바로 물어봤는데 번개가 알아듣지를 못하더라고. 하하, 그럼 그렇지. 여자 친구라고 하는 말을 번개가 어떻게 알겠어? 평소에 들어 본 적도 없을 텐데. 하하! 주인인 나도 없는데 말야. 나부터 뭔가 해결해야 할 텐데, 하하."

정 과장은 42년째 혼자 살고 있는 모태솔로였다.

"그래도 번개에게 계속 이야기를 걸고 훈련시켜 보세요. 분명 나중에는 자기 의사를 표현할 거예요."

구서희는 오늘 집에 가서 샤넬과 같이 대화를 하는 것을 상상하니 기분이 좋아졌다. 샤넬은 이제 곧잘 구서희의 말을 알아듣고 그 말에 따라 행동하기 시작한 듯 느꼈다.

"그러고 보니, 동물들도 이제 뭔가 서열이 생기는 세상이네요."

이 대리가 말했다.

"서열, 어떤 서열?"

정 과장이 궁금한 듯 물었다.

"바로 이런 거죠. 아직 MLF를 한 번도 사용해 보지 못한 저의 개 타이거와 조금씩 조금씩 사용하면서 배워 가고 있는 과장님 집의 번개. 그리고 우리 셋 중 그나마 가장 잘 적응하고 있는 서희 씨의 강아지 샤넬. 이렇게 동물들도 이제는 MLF의 적응 단계에 따라 뭔가 인간들에게 좀 더 사랑받을 수 있는 그런 단계들로 나뉘는 듯해요. 그렇지 않아요, 서희 씨?"

"뭐 제 강아지 샤넬도 아직은 그렇게 MLF와 익숙하지는 않지만 그래도 하나하나 배워 가면서 뭔가 어떻게 해야 이쁨 받는지를 아는 듯하긴 해요. 그런 면에서 본다면, 배우고 안 배우고의 차이가 동물들 세계에서도 나타나는 듯하긴 하네요. 호호."

구서희는 본인의 강아지 샤넬이 가장 높은 단계에 있다는 것에 좀 계면쩍어하면서 알 수 없는 뿌듯함을 느꼈다. 인간 세계에서는 본인이 가장 낮은 초보의 단계이지만 그래도 자신의 강아지가 동물 세계에서는, 적어도 같이 있는 이 대리나 정 과장의 강아지들보다 높은 쪽에 있다고 생각하니 기분이 그리 나쁘지는 않았다.

"그건 뭐 MLF가 없었던 시절에도 같았지, 뭐. 생각해 봐. 어느 집에서 기르는 개가 좀 많이 똑똑해서 앉아, 일어서, 굴러, 기다려 뭐 이런 거 잘하면 귀여움 받는 것과 같은 거지. 다만 지금은 저 MLF가 나오는 바람에 동물의 지위를 바꿀 수 있는 그런 세상이 온 거지. 야, 그러고 보니 우리 대화 아주 철학적이고 내용도 좋은데, 개 이야기하다가 인간들의 수준도 높아지겠어. 하하!"

정 과장이 식당이 떠나가라 웃었다.

* * * * * * * * * *

사건 1 : 2024년 9월 3일

A는 MLF 칩을 장착한 그의 개 '똘이'를 무심히 바라보고 있었다. A는 MLF 출시 이후 바로 주문했고 배송이 되자마자 WWW! 서비스 센터를 방문해서 똘이에게 MLF 칩을 장착한 이후에 저녁마다 똘이와 소통하기 위해서 훈련을 시켰다. 아니, 같이 공부를 했다는 것이 더 적절한 표현일 것이다.

A의 책상 위에는 읽은 거 같기도 하고 그냥 펼쳐 놓은 거 같기도 한 책들이 여러 권 쌓여 있었는데 마커스 사쿠의 '도둑', 허먼 멜빌의 '모비딕', 마우린 다이의 '블랙 빙고' 등이었다. 지금 A는 토머스 하디의 '칼럼'을 읽고 있었다. 모두 동물들이 나오는 책이었으며 A는 책의 내용에 매우 몰입한 듯 격하게 반응하기도 하

고 때론 알 수 없는 표정을 짓기도 하면서 똘이를 어루만지고 있었다.

"똘이야! 가자."

A가 책을 덮고 일어나면서 MLF 마이크에 대고 똘이에게 말했다. 똘이는 자리에서 벌떡 일어나 A를 따라 밖으로 나갔다. 늘 이 시간대에 산책을 한 듯 A와 똘이의 행동은 여유롭고 매우 자연스러워 보였다. 산책 코스는 집 근처 늘 가는 공원이었다.

"안녕하세요?"

A가 이 시간내에 늘 만나는 한 여성과 그녀의 강아지를 보고 반갑게 인사를 했다.

"아… 네, 네…."

여자는 모르는 남자가 인사를 하자 그냥 그러려니 건성으로 답을 하고 하던 산책을 이어 나가려 했다.

"자… 잠시만요. 저기요…."

A가 가던 여자를 불러 세웠다. 그녀는 쫙 달라붙는 레깅스에 티셔츠 하나만을 입고 있었다. A가 부르는 바람에 그녀는 가던 길을 멈추고 돌아봤다.

"네? 저요?"

그녀가 물었다. 레깅스 입은 그녀를 쳐다보는 낯선 A의 시선을 느껴졌는지 그녀는 조심스럽게 다리를 오므렸다.

"아! 저희가 가끔 이 시간대에 산책을 하면서 이렇게 마주치잖아요. 또 보니 반갑네요."

"아… 네…. 그런가요? 전 몰랐어요. 죄송해요."

자신을 이 남자가 계속 보고 있었다고 생각이 들어서 여자는 기분이 좋지 않았다. 뭐야… 왜 날 감시해….

"아… 모르셨군요. 여하튼 전 자주 뵈었습니다."

"네…. 그런데 용건이…?"

그녀는 빨리 이 자리를 뜨고 싶었고 산책 시간대를 옮겨야 하나 하고 생각하고 있었다. 지금이 오후 시간이긴 하더라도 사람들도 꽤 있고 지금이 딱 산책하기 좋은 시간대인데…. 지금 이 시간대를 바꿔야 하는 마음이 드니 그녀는 짜증이 났다.

"똘이야, 이 누나 이쁘시지? 근데 강아지 이름이 뭐죠?"

A는 아랑곳하지 않고 계속해서 그녀에게 말을 걸었다.

"네… 단비예요. 근데 무슨 일이시죠? 저 가 봐야 하는데요."

그녀는 왜 자신의 강아지 이름을 알려 줘야 하는지 심기도 불편했다. 확 자리를 뜨고 싶었는데 그러지도 못했다. 그런데 그때 A는 주머니에서 MLF 마이크를 꺼내서 똘이에게 속삭이기 시작했다.

"똘이야, 친구 이름이 단비라고 하네. 단비랑 친해져야지…."

A의 이야기를 들어서인지 똘이는 단비에게 다가가서 냄새를

맡는 듯이 킁킁거리고 단비 주위를 맴돌았다. 마치 똘이가 단비에게 무엇인가를 묻는 듯한 그런 모습이었다. 단비도 똘이가 반가웠는지 둘이서 서로 냄새를 맡으면서 빙글빙글 돌았다.

"아! 저는 그저 자주 뵈니까 반가워서요. 그리고 단비가 아주 이뻐서 그랬던 거예요. 딴 건 전혀 없습니다. 실례가 되었으면 죄송하고요. 그럼 가 보겠습니다. 또 뵙겠습니다."

A는 똘이가 단비랑 같이 어울리는 것을 보다가 여자에게 인사하고 헤어졌다.

집으로 돌아온 A는 똘이를 앉혀 두고 MLF 마이크를 통해 말을 하기 시작했다.

"똘이야, 아까 산책하다가 본 여자와 단비 기억나지? 아빠가 좋아하는 여자가 바로 그 여자인데 그 여자는 아빠에게 관심이 많이 없는 거 같아. 아까 아빠한테 쌀쌀맞게 대하는 거 똘이도 봤지? 그래서 아빠는 지금 화가 엄청 많이 나 있어. 화가 너무 난단 말이야. 아빠의 마음도 모르는 그 여자가 이제는 너무 싫어지네."

똘이는 A의 말을 주의 깊게 듣고 있었다.

"그래서… 말인데…"

A는 똘이를 다시 한번 어루만져 주었다.

"또 산책하다가 그 여자와 단비를 만나면 아빠가 그 여자에게 전화번호를 물어볼 거거든? 왜냐면 아빠는 그 여자 만나고 싶거든?"

똘이는 MLF 마이크를 통해서 정확하게 들려오는 A의 말을 경청하고 있었다.

"그런데 말이지… 행여 아빠가 그 여자에게 전화번호를 물었을 때 그 여자가 아빠 말을 무시하거나 아니면 싫다고 한다면 아빠는 화가 나서 아마 폭발할지도 몰라…. 아빠 성격 똘이도 잘 알지? 그렇다고 그 여자를 공원에서 어떻게 할 수는 없지. 그래서도 안 되고 말이야…. 그래서 똘이야… 그때 본 단비 기억나지? 그 이쁜 강아지, 단비. 아빠가 화가 난 것을 보면 똘이 너는 말이야… 단비를… 물어서 죽여 버려…. 알았지? 용감한 내 똘이, 아빠 말 들어야 한다. 알았지, 똘이야? 절대로 단비 살려 줘선 안 된다…. 아빠를 무시하는 사람의 개는 그냥 두면 안 돼…."

똘이는 갑자기 날카로운 이를 드러내며 으르렁거리기 시작했다. 마치 자신의 주인을 무시한 여자의 강아지 단비가 앞에 있는 것처럼 분노가 치밀어 오르는 듯했다. '진짜 물어 죽일 거야…' 하는 분노에 가득 찬 표정이었다.

사건 2 : 2024년 9월 8일

"너 레오 이놈, 정말로 말 안 들을래?"

그날도 B는 그녀의 고양이 '레오'와 한바탕 씨름을 하고 있었다. B는 수의학과에 재학 중이었는데 그녀는 유독 고양이의 질병에 대해서 관심이 많아서 고양이에 관한 특징과 질병에 대해서 다음 주에 교수와 동료들에게 발표를 하는 과제를 맡고 있었다. B가 정리한 고양이의 특징은 다음과 같았다.

- 독립성 : 고양이는 일반적으로 독립적인 동물로 알려져 있습니다. 그들은 자신만의 공간과 시간을 가지고, 스스로 먹고 놀며 잘 지낼 수 있는 능력을 갖고 있습니다.
- 깨끗함 : 고양이는 청결을 중요하게 생각하는 동물로 알려져 있습니다. 자신을 항상 청소하고, 모래 상자를 사용하여 배설물을 묻어 두는 경향이 있습니다.
- 민첩성 : 고양이는 민첩하고 유연한 몸을 가지고 있어 뛰어오르거나 사냥하는 데 뛰어납니다.
- 야행성 : 고양이는 주로 밤 동안 활동하는 야행성 동물로 알려져 있습니다. 그들의 눈은 어둠에서도 잘 볼 수 있고, 능력 있는 사냥꾼으로 유명합니다.
- 사회성 : 고양이는 사람들과 상호작용하는 데 관심을 가질 수 있지만, 개와는 다르게 사회성이 덜하고 종종 독립적으로 행동합니다.
- 소리 : 고양이는 다양한 소리를 내며 의사소통을 합니다. 미야우(meow), 퍼링(purring), 울부짖음(yowling) 등의 소리를

내며 감정과 의사소통을 합니다.

- 털 : 고양이의 털은 다양한 색과 무늬를 가지고 있으며, 보호와 체온 조절에 도움을 줍니다. 또한 털을 손질하는 행동은 스트레스 해소에도 도움을 줄 수 있습니다.
- 애정 표현 : 비록 독립적인 성향을 가지고 있지만, 고양이는 종종 주인에게 애정을 나타냅니다. 머리를 스치거나 발을 차며 애정을 표현하는 행동을 할 때가 많습니다.
- 사냥 본능 : 고양이는 사냥 본능이 강해 작은 동물을 사냥하려는 경향이 있습니다. 이는 캣닢(catnip)과 같은 자극적인 물질에도 나타날 수 있습니다.
- 잠 : 고양이는 많은 시간을 자면서 보내며 평균 12~16시간 이상의 수면이 필요합니다. 이는 그들의 에너지를 회복하고 근육을 유지하는 데 중요합니다.

B는 PPT로 고양이의 특징에 이어 고양이의 질병에 대해서도 준비를 하려고 했고, 중간중간마다 레오의 사진으로 PPT를 꾸미고 싶었다. 그래서 B는 레오를 핸드폰으로 촬영하려고 했는데 레오가 어찌나 빠르게 뛰어오르는지 또한 가만히 있지 않아서 끙끙거리고 있는 중이었다.

"레오야, 제발 사진 몇 장만 찍자? 응? 이 누나 좀 봐 주라. 잘생긴 네 얼굴 좀 친구들과 교수님들에게 자랑하면서 보여 주려고 하는데 왜 이렇게 말을 안 듣냐? 제발 좀 가만히 좀 있어."

B는 거의 하소연을 하듯이 레오를 잡으려고 안달이었다.

지잉 지잉~

이때였다. B의 핸드폰이 울렸고 전화를 건 사람은 그녀의 남자 친구였다.

"오빠, 나 레오 땜에 미치겠다. 사진 좀 찍으려고 하는데 레오를 도저히 잡을 수가 없네. 잡아도 바로 뛰어오르니까. 아니야, 난 레오 사진으로 PPT 꾸미고 싶다고. 친구들하고 교수님에게도 레오 보여 주고 싶단 말이야. 응, 알았어. 얼른 와."

B는 통화를 마치고 레오에게 말했다.

"레오야, 너 이제 죽었다. 오빠 온다고 하니까 히히, 오빠가 너 꼼짝 못 하게 할 거다. 기다려라, 레오야. 홍!"

B의 남자 친구는 그가 기르고 있던 고양이 삼바와 함께 왔다. 삼바는 MLF 칩을 착용한 고양이였다.

"오빠, 삼바도 데리고 왔네?"

"응, 같이 왔어. 아무래도 삼바가 레오를 잘 컨트롤할 수 있을 거 같아서 같이 왔어."

삼바는 오자마자 본능적으로 다른 고양이의 존재를 느낀 모습이었고 레오는 옷장 위에 올라가서 여전히 내려올 생각을 하지 않고 있었다.

"레오, 어디 있냐? 레오야!"

B의 남자 친구가 레오를 찾았지만 레오는 꼼짝하지 않고 옷장 위에서 웅크리고 있었다.

"오빠, 삼바한테 레오 좀 데리고 오라고 해 봐. 어서."

B는 그녀의 남자 친구가 MLF에 대해서 이야기를 많이 해서 그 성능에 대해서 잘 알고 있었다.

"응, 알았어. 삼바야. 가서 레오 좀 데리고 와라. 사진 좀 찍어야 하니까 옷장 위에 올라가서 레오 좀 데리고 와, 얼른! 무슨 일이 있어도 레오 데리고 와야 한다. 안 그러면 삼바 너 오늘 저녁 없다."

B의 남자 친구는 MLF 마이크를 통해서 삼바에게 이야기를 했다. 삼바는 레오를 잡지 않으면 저녁을 주지 않는다는 말을 알아들은 듯이 몸을 웅크리고 있다가 쏜살같이 옷장 위로 뛰어올라갔다. 하지만 처음 만난 레오와 삼바는 서로에게 적의를 품고 털과 발톱을 곤추세우고 싸우기 시작했다.

"어머머! 쟤네들 싸우네. 오빠 좀 말려 봐, 어떡해…. 어머머, 저러다 다치겠어. 오빠! 어떻게든 해 봐!"

B는 생각지도 않은 두 고양이의 격렬한 싸움에 눈이 동그래졌다. 두 마리의 고양이는 날카로운 소리를 내면서 처절하게 싸우고

있었지만 덩치가 훨씬 큰 삼바에게 레오는 적수가 되지 못했다.

잠시 후 B와 B의 남자친구를 소스라치게 놀라게 한 것은 피가 흥건한 레오를 물고 내려오는 삼바의 모습이었다. 레오의 한 쪽 다리는 어떻게 된 것인지 모르겠지만 뼈가 골절된 듯 뒤틀려 있었고 레오는 완전히 겁에 질린 목소리로 "야옹, 야옹" 울고 있었다. 어쩔 줄 몰라 하는 B와 B의 남자 친구는 '시킨 대로 레오를 데려왔으니 이제는 저녁밥 주세요' 하는 삼바의 섬뜩한 표정을 봤다….

사건 3 : 2024년 9월 13일

C는 하루도 빠짐없이 걸려 오는 채무 반환 전화로 삶이 피폐해지고 노이로제에 걸려 일상 생활을 포기한 지 오래되었다. 한때 건설 회사를 운영하면서 잘나갔던 그였지만 불경기에 접어들면서 미분양이 속출하고, 3년간의 코로나 시국이 더욱더 그에게는 험난한 시절을 맞게 했다. 결국 C는 파산하고 모든 것을 잃었지만 아직도 남아 있는 빚 때문에 밤낮으로 시달리고 있었다.

"내가 빨리 죽든가, 아니면 돈 달라고 하는 새끼들을 죽여 버리든가 해야지. 진짜 미치겠다, 미치겠어!"

C는 그날도 역시 술로 하루를 마감하고 있었다. 이제 그에게 남은 것은 처절한 악뿐이었다. 그래도 그의 곁에는 비가 오나 눈

이 오나 어떤 일이 있어도 충실하게 자신과 함께해 준 충견 '장군'이가 있었다. 장군이는 진돗개였고 C의 고향도 진도에서 가까운 섬이었다. 그는 장군이가 새끼였을 때부터 지금까지 10년 이상을 키웠으니 거의 가족이나 마찬가지였다.

"장군아, 이 아빠가 요즘 너무 괴롭구나. 장군이 너한테 고기 많이 먹이면서 잘 키우고 싶은데 그렇지도 못하고 많이 미안하다, 장군아⋯."

그때 핸드폰이 울렸으나 C는 전화를 받지 않고 무시했다.

"씨발! 지금이 도대체 몇 시인데 전화를 하고 지랄들이야! 그래 봐라. 내가 돈 줄 것 같아? 나도 없단 말이야. 그리고 나도 장군이도 먹고살아야 하는데, 내가 어떻게 너희 같은 새끼들에게 돈을 주냐? 돈 없어, 이 새끼들아!"

C는 연신 울리고 있는 핸드폰에 대고 소리를 쳤다. 가족과 헤어지고 작은 방 한 칸에서 장군이와 함께 지내고 있는 C였다.

"장군아⋯ 피곤하다⋯. 이제 그만 자자⋯."

C는 술기운이 오르는 느낌과 함께 졸음이 쏟아져서 침대에 고꾸라지면서 잠이 들었다. 장군이는 그런 C를 쳐다보고 있었는데 C의 상황을 아는지 눈빛이 매우 슬퍼 보였다.

이튿날 아침에 누군가가 현관문을 쾅쾅 두드리는 소리에 장군이가 짖었고 그 소리에 C는 눈을 떴다.

"아니… 지금 몇 시야…. 응, 9시네. 근데 누가 아침부터 온 거야? 거기 누구세요?"

C는 헝클어진 머리를 하고 제대로 눈도 못 뜨면서 현관문을 열었다.

"아… 아니…. 아침부터 웬일이세요…?"

C는 현관문 밖에 서 있는 채권자와 덩치 큰 장정 두 명을 확인하고는 놀라서 말했다.

"웬일이냐고요? 진정 몰라서 묻는 건가?"

채권자는 C가 들어오라는 말도 하지 않았음에도 장정들과 집 안으로 쳐들어왔다.

"왈왈!"

모르는 남자들이 갑자기 들어오자 장군이는 짖기 시작했다.

"엄마야, 깜짝이야! 뭐야, 이거? 당신, 우리 때문에 개 키우고 있는 거야?"

채권자와 장정들은 생각지도 못한 덩치 큰 개가 짖으니 놀라서 한 걸음 뒤로 물러서면서 말했다.

"아니에요. 그런 거 아니에요. 장군아, 가만히 있어. 방에 들어가 있어!"

C는 장군이를 진정시키려고 MLF 마이크에 대고 말했다. 장군

이는 C의 말을 듣자마자 방으로 들어갔고 장정 하나가 재빠르게 방문을 닫았다.

"어휴, 놀래라. 이봐요. 보니까 지금 이 집에서 개랑 둘이서 살고 있는 거 같은데, 개 사료도 요즘 비싸지 않나요? 개한테 비싼 사료 먹일 돈은 있고 돈 빌려준 우리에게는 갚을 돈이 없다는 것이 좀 아니지 않나? 응, 어떻게 생각하나요?"

영화에서 보면 늘상 나오는 그런 장면처럼 채권자와 장정들은 C를 겁박하기 시작했다.

"저… 진짜 요즘 너무 힘들어요. 정말 돈 없다고요…. 죽어도 돈이 없는데 어떡하라고요."

C는 무릎을 꿇고 거의 울다시피 했다.

"근데 더 중요한 건 나도 당신 때문에 힘들다는 거야. 왜 나한테 피해를 주는 거야! 응?"

채권자는 C의 머리를 탁탁 강하게 치면서 놀리듯이 말했다. 두 명의 장정들은 집 안을 이리저리 돌아다니면서 이것저것 구경하고 있었다.

"야, 야! 쓸데없이 돌아다니지 말고 이리로 와 봐. 너희들 아무래도 오늘 이 새끼 손 좀 봐야 할 거 같다. 빌릴 땐 언제고 이제는 갚을 돈이 없으시다고 하신다. 이를 어쩌냐?"

채권자는 두 명의 장정을 시켜 C를 폭행하기 시작했다. 3분여

간의 폭행이었지만 C는 거의 녹초가 되었다.

장군이는 방에 갇혀 있어서 주인인 C가 맞고 있음에도 할 수 있는 것이 없었다. 다만 뭔가 일이 터진 것을 장군이는 그간의 경험으로 알 수 있었고 그래서 방 안에서 짖어 대기 시작했다.

"아, 저 개새끼. 아파트 시끄럽게 짖어 대고 난리야!"

채권자는 큰 소리로 짖고 있는 장군이가 아무래도 신경 쓰이는 듯했다.

"이봐요, 아저씨. 우리도 당신도 다 바쁜 사람이고 먹고살자고 이 짓 하는 거 아닙니까? 우리도 좀 먹고삽시다요, 예? 나도 위에서 당신한테 돈 받아 오라고 매일매일 시달리고 있으니 이제 그만하고 좀 편하게 삽시다."

채권자는 입술에서 피를 흘리고 있는 C를 보면서 말했다.

"이거 봐요, 이거 봐. 이렇게 맞아서 피를 흘리고 있으니 내 마음이 좋겠수? 그러니 또 이렇게 되지 않도록 우리 서로 협조 좀 합시다요."

채권자는 휴지를 C에게 건네주었다.

"돈을 갚고 싶어도 갚을 수가 없는데 어쩌란 말입니까? 네? 제발 형편 좀 봐줘요."

C는 입술의 피를 닦으면서 말했다.

"참 나. 2억이 누구 애 이름이야! 우리 회사 연체 이자 알지? 조금 있으면 3억 되고 조금 지나면 곧 4억 되는 거 시간 문제야, 알아? 돈이 없으면 이 아파트 전세 자금이라도 빼서 다른 곳으로 가면 될 거 아냐!"

채권자는 느닷없이 C의 뺨을 후려쳤다.

"씨발, 내가 이틀의 시간 준다. 그 안에 우선 이 아파트 나간다고 하고 집주인한테 보증금 뺄 돈 준비하라고 해, 알았어? 야, 가자! 에이, 씨발. 오늘은 저 개새끼가 하도 시끄럽게 떠들어서 이쯤에서 가니까 당신 행운인 줄 알아!"

채권자는 두 장정과 함께 현관문을 쾅 닫고 나갔다. 어색한 고요가 흐르고 C는 방문을 열어 장군이를 나오게 했다. C는 엉금엉금 기어서 방 안 책상 서랍에서 MLF 마이크를 꺼내고 조용히 말했다.

"장군아, 우리 장군아. 그동안 이 아빠와 함께해 줘서 너무나 고맙고 행복했다. 아빠는 죽어서도 우리 장군이를 잊지 못할 거야. 근데 이제 이 아빠 없이 혼자 살게 될 장군이를 생각해 보면 그것도 아빠에겐 너무나 큰 고통이고 슬픔이야. 누가 장군이를 이 아빠처럼 키워 주겠어…?"

장군이는 C 곁에 앉아서 C가 하는 말을 조용히 듣고 있었다. C는 흐르는 눈물을 주체하지 못하고 있었고 그런 C를 보는 장군이의 표정 또한 슬퍼 보였다.

"그래서 장군아! 아빠는 결정했어. 같이 죽어서 천국에 함께 가는 거야."

C는 장군이를 꼭 껴안았다.

"장군아, 아빠는 죽으려고 하는데 같이 아빠 따라서 죽을 수 있지?"

장군이는 큰 눈으로 C를 쳐다보더니 고개를 크게 끄덕이며 '왈 왈!' 하고 짖기 시작했다. 마치 부모가 죽을 때 어린 자녀들을 살해하고 동반 자살하는 것과 같은 그런 상황이었다. 이미 이성을 잃고 상황 판단이 불가능해진 C는 장군이의 대답을 듣고 부엌에서 칼을 들고 조용히 장군이 곁으로 걸어갔다….

사건 4 : 2024년 10월 2일

D는 그의 개 '초롱이'에게 MLF 칩을 심고 밤마다 한글 훈련을 시켰다. 초롱이와는 6년 이상을 같이 살았기에 초롱이의 한글 습득 속도는 매우 빨랐다. 집중적으로 한 반복 훈련 덕분에 초롱이에게는 사람들이 MLF와 관련하여 올리는 동영상 정도는 매우 쉬운 동작이라 생각될 정도였다. D는 그런 초롱이가 매우 자랑스럽고 그리고 어디에서든 초롱이만 한 개가 없다고 생각했다. 그래서 D는 어딜 가도 초롱이를 데리고 다녔고 사람들이 모이는 곳에서 초롱이의 재주를 뽐내는 연출을 자주 했다.

"초롱아, 두 발로 일어섯!"

그날도 D는 사람들이 많이 모이는 공원에서 일부러 사람들 앞에서 초롱이에게 이야기를 했다. 초롱이는 자주 하는 그런 일상이었기에 그날도 사람들 앞에서 D가 시키는 대로 바로 두 발로 일어섰다.

"엄마, 강아지가 두 발로 섰어."

지나가는 꼬마가 엄마에게 말했다.

"그러네. 귀엽다, 호호."

엄마는 아이에게 맞장구쳐 주면서 말했다.

"초롱아, 이번에는 앞다리 두 발로 서 봣!"

D는 두 번째 미션을 주었다. 마치 사람이 물구나무를 서는 그런 자세였다. 일반적으로 네 발 달린 동물들이 하기에는 매우 어려운 자세였지만 초롱이는 능숙하게 D의 명령을 따라서 앞다리 두 발로 물구나무 자세를 취했다. 서커스의 한 장면을 연출하는 듯했다.

"어머, 얘는 물구나무서기도 하네. 신기하다, 호호."

지나가는 사람들이 평소에 보지 못한 그런 동물의 행동이었기에 삼삼오오 몰려 들었다.

"강아지 이름이 뭐예요?"

그중 한 남자가 물었다.

"네, 초롱이고요. 이제 6살입니다."

D는 왠지 신이 났고 즐거웠다. D는 학교 다닐 때나 지금이나 특별히 사람들에게 주목을 받고 자라지 못한 소극적인 성격이었는데 초롱이는 자신과 다르게 시키는 대로 사람들 앞에서 뭐든지 하니 일종의 대리만족을 시켜 주는 그런 존재로 느껴졌다. 그냥 일반적인 반려동물이 아니고 자신이 하지 못하는 일을 함으로써 사람들에게 주목 받고 박수 받는 초롱이가 너무나 대견스럽고 소중했다.

"와, 개가 이렇게 물구나무 서는 거 저는 실제로 처음 봤어요."

사람들이 더 모여들었다. D는 MLF 마이크를 좀 더 가까이 가져다 대고 이야기를 했다.

"초롱이 잘했다. 정말 잘했어. 이따 저녁에 형이 고기 줄게."

초롱이는 고기를 준다는 말을 알아들은 듯이 꼬리를 격하게 흔들었다. D는 모여든 사람들에게 초롱이의 재주를 더 보이고 싶었고 더 박수를 받고 싶어졌다. 사람들이 박수를 치는 모습에서는 마치 자신에게 찬사를 보내 주는 느낌이었고 생전 처음으로 삶의 주인공이 된 그런 순간이었다.

"초롱아, 이번에는 우리 더 놀라운 것을 사람들에게 보여 주자. 뭘 할까? 그래, 초롱아, 이번에는 그거 해 보자. 자, 초롱아!"

자신을 부르는 D의 말에 초롱이가 벌떡 일어났다. 사람들도 이번에는 개가 무엇을 하는지 궁금해서 흥미진진한 표정으로 쳐다보고 있었다.

"초롱아, 우리가 밤마다 하는 춤을 추는 거다."

이윽고 D는 자신의 핸드폰으로 음악을 틀었고 초롱이는 그 반주에 맞춰서 진짜 리듬감 있게 춤을 추듯이 움직였다.

"하하하! 귀엽다, 귀여워. 하하."

보고 있던 사람들이 모두들 박수를 치면서 박장대소했다. 초롱이는 더 빨라진 음악에 맞춰서 꼬리도 흔들고 엉덩이도 흔들면서 마치 진짜 음악을 알아듣고 즐기는 듯했다. 그때였다.

"뭐야, 저 새끼. 이거 개 훈련시켜서 길거리에서 춤이나 추게 하고. 이거 동물 학대 아냐?"

젊은이 3명이 갑자기 시비조로 D에게 말했다.

"무슨 말이에요? 동물 학대라니요?"

D는 자신이 초롱이를 학대한다고 하는 말에 욱했다. 내가 초롱이를 얼마나 사랑하는데 말이야!

"아니, 그럼 이게 동물 학대가 아니면 뭐야? 개에게 왜 춤을 가르쳐? 응? 당신 제정신이야?"

3명 중 졸개로 보이는 한 명이 D에게 다가가며 말했다.

"뭘 모르면 가만히 있어요, 네? 동물도 음악을 알아들을 수 있고 즐길 권리가 있단 말이에요!"

D는 졸개로 보이는 남자에게 말했다. 초롱이는 실제로 음악을

즐길 수 있단 말이야!

"이 새끼, 미친 거 아냐? 야, 동물이 뭔 음악을 즐겨? 이거 또라이 아냐?"

D와 3명의 젊은이가 갑자기 말다툼을 하자 사람들이 웅성댔다.

"아니, 이거 보세요. 지금 이분이 강아지 잘 훈련시켜서 사람들에게 이렇게 즐거움을 주고 있는데 왜 방해를 하시는 거예요?"

즐겁고 신기한 강아지의 공연에 끝난 것이 아쉬워 사람들이 D의 편에 섰다.

"맞아요. 지금 우리 애가 강아지 춤추는 거 보고 재밌어하는데 아저씨들은 뭐예요?"

꼬마와 함께 온 엄마도 아이가 즐거워하는데 이상한 일이 벌어지는 것에 짜증이 났다.

"이거들 보세요. 여기서 이렇게 함부로 공연하는 거, 허락 받았어요?"

3명 중 우두머리로 보이는, 양팔을 문신으로 도배한 남자가 나섰다.

"이게 무슨 공연이에요? 나는 그냥 사람들에게 우리 개가 뛰어난 것을 보여 주고 싶었는데, 이게 무슨 공연이에요? 내가 무슨 돈 받고 하냐고요?"

D는 매우 억울했다. 난 그저 내가 받지 못했던 스포트라이트

와 박수를 받는 초롱이가 자랑스러웠단 말이야!

"지금 뭔 소리하는 거야? 이렇게 춤추고 물구나무서기 하는 것이 뛰어난 것이라고 누가 그래? 이거 다 훈련시킨 거 아냐? 아니, 자기 개가 광대가 되는 게 뭐가 좋다고. 허허, 미친놈."

우두머리 문신은 비웃음을 보였다.

"뭐? 광대?"

D는 참을 수 없는 분노가 느껴졌다. 자신이 하지 못하는 것을 초롱이가 대신 해 주고 사람들에게 관심을 받고 박수를 받는데 그걸 광대라고 하는 것에 대해 마치 자신을 조롱하는 거 같은 느낌이 드는 것을 피할 수 없었다.

D는 주변에 있는 돌을 들어 있는 힘껏 우두머리 문신의 얼굴을 내리쳤다. 너무 순식간에 일어난 일이고, 아무도 그런 일이 일어날 것이라고는 예상하지 못했기에 우두머리 문신은 무방비 상태로 얼굴에 돌을 맞고 그 자리에 쓰러졌다.

"으악!"

우두머리 문신은 눈을 정통으로 맞은 듯 손으로 눈을 감싸고 쓰러졌고, 그의 피가 사방에 튀었다.

"꺄아악!"

사람들도 모두 놀라서 혼비백산으로 흩어졌고 우두머리 문신 일행 2명도 놀란 듯 어쩔 줄 몰라 했다. D는 넘어진 우두머리 문신 위로 올라타고 가지고 있던 돌로 얼굴을 사정없이 내리찍었다. 피가 이리저리 튀어 우두머리 문신은 피투성이가 되어 가고 있었다.

"뭐? 광대라고! 우리가 광대라고! 죽어!"

이성을 잃은 D의 핸드폰에는 계속해서 댄스 음악이 나오고 있었고 초롱이는 상황을 아는지 모르는지 신나는 음악에 맞춰 계속 춤을 추고 있었다….

사건 5 : 2024년 10월 3일

E는 언제나 꿈꿔 왔던 그녀의 고양이 '미코'와 함께 저녁마다 즐거운 대화를 하고 있었다. 꿈만 같았다. 보통의 고양이가 개처럼 인간을 잘 따르지 않고 워낙에 독립적으로 생활하기를 좋아하는 것을 알았지만 MLF 칩을 장착하고 나서 자신의 말을 곧잘 알아듣는 미코가 너무나 귀엽고 사랑스러웠다. 회사 갔다 와서 미코와 노는 시간이 언제나 즐겁고 행복했다. E가 미코와 같이 지낸 시간은 올해로 벌써 4년째였다.

"미코야, 오늘 하루 잘 보냈고?"

그녀는 퇴근 후 집에 오자마자 바로 MLF 마이크를 통해 미코와의 대화를 시작했다. 미코는 E가 오면 늘 자신에게 말을 거는 것에 익숙한 듯이 반응을 보였다.

"그래, 그래. 오늘은 심심하지 않았고?"

미코는 알아듣는 듯한 표정으로 E를 바라보면서 고개를 흔들었다.

"잘했네, 미코야. 미코가 보고 싶어서 하루 종일 혼났네. 이제 우리 저녁 먹어야지. 얼른 먹자."

E는 냉장고에서 참치 캔을 꺼내서 미코에게 건네 주었다.

"잘 먹네. 우리 미코, 사랑해."

E는 그날도 미코와의 즐거운 대화와 하루를 마감하고 있었다.

"어! 미코 어디 갔지?"

어느 날, E는 퇴근 후에 미코가 보이지 않자 혼잣말을 했다. 집에 오면 언제나 반갑게 '야옹야옹' 하면서 자신을 반기는 미코가 안 보이니 내심 섭섭하기도 했다.

"진짜, 얘 어디 간 거야?"

E는 슬슬 걱정이 되었다. E는 집 밖으로 나가서 미코를 찾아봐야 하는지 생각이 들었다. 예전에도 미코가 어떻게 문을 열고 나갔는지, 아니면 본인이 출근하면서 문을 제대로 닫지 않았는지 미코가 집 밖에 있는 것을 본 적도 있었다. E는 미코가 집 밖으로 나갔다고 생각이 들어서 우선 밖으로 나갔다.

"미코! 미코!"

E는 미코의 이름을 불렀다. 미코가 어디에 있는지 도통 알 수가 없었지만 고양이의 습성상 밤에도 잘 다닐 수 있겠다는 생각이 들었다.

이럴 줄 알았으면 '하루 종일 집 안에만 있어야 한다'고 명령을 해 둘 것을.

E는 약간의 후회가 들었고 미코랑 놀 생각에 즐겁게 집에 왔는데 막상 미코가 없다 생각하니 너무 허전했다.

'이번에 집에 오면 절대로 집 밖에 나가면 안 된다고 이야기를 해 놔야겠다.'

E는 미코가 얼른 집으로 왔으면 좋겠다고 생각하면서 발길을 돌리려는 순간 골목 멀리 끝 쪽에 동물 두 마리가 있는 것을 보았다. 멀리서 봐도 한 마리는 미코였다.

"미코! 미코야!"

E는 빠른 발걸음으로 동물 두 마리가 있는 어두컴컴한 곳으로 갔다. 역시나 미코와 다른 고양이였다.

"어머, 미코야. 여기서 뭐 하는 거야? 내가 얼마나 찾았는데? 친구 만난 거야?"

E는 미코를 보자마자 반가운 마음에 미코를 안으려고 했다.

"야옹! 야옹!"

미코랑 자신을 떼어 놓는다고 생각한 다른 고양이가 신경질적인 반응을 E에게 보였다.

"어머, 너는 왜 이렇게 사납니? 너 수컷이구나."

깜짝 놀란 E는 얼른 미코를 안았다. 그러자 생각하지도 못하게 미코는 E의 품 안에서 다시 뛰어나와 수컷 고양이에게 갔다.

"미코야! 어디 가는 거야? 집에 가야지."

E는 자신의 품에서 뛰쳐나가 수컷 고양이에게 간 미코를 보고 솔직히 많이 놀랐다.

"집에 가야지, 미코야."

E는 미코를 다시 안으려고 했으나 미코가 워낙 날렵하고 빨라서 잡을 수가 없었다.

"미코야! 너! 어디 가는 거야? 집에 가야지!"

E는 달아나는 미코를 멍하니 쳐다볼 수밖에 없었다. 미코가 수컷 고양이와 함께 달아나는 것을 본 E는 허탈한 마음을 감출 수가 없었다. 내가 너를 얼마나 사랑하고 아꼈는데…. 그렇게 내 앞에서 수컷 고양이와 함께 가 버리다니…. E는 당황스럽고 분노했다.

'내가 MLF 마이크로 말을 하지 않아서 집에 가자는 말을 못 알아들은 건가?'

E는 집에 두고 온 MLF 마이크가 생각났지만 이미 미코는 가 버린 상황이었다. 귀소본능으로 미코가 집으로 올 것을 예상했

지만 그간 함께 시간을 보내면서 자신의 말을 너무도 잘 따른 미코에게 일종의 배신감을 느끼기 시작했다.

'아니… 내 말을 그렇게 잘 들어 놓고선…. 고작 수놈 한 마리 만났다고 나를 배신해?'

E는 분노감과 배신감이 치밀어 올랐다. 한 마디, 한 마디 자신의 말을 따라서 행동하고 따라 준 그동안의 미코였는데 도대체 어떻게 된 것인가…. 이럴 거면 그동안 왜 내 말을 그렇게 잘 들었던 거야?

"에잇! 흑흑."

E는 바닥에 앉아서 울기 시작했다. 사람들과의 관계에서 느껴보지 못한 그런 배신감을 느낀 E는 흐느껴 울다가 심한 배신감에 몸을 떨었다. 다음 날, E는 온라인으로 쥐약을 주문했고 미코의 사료에 쥐약을 탔다….

4부

저녁 :
심연(深淵)

김지훈 교수는 '갈가토론' 유튜브 생방송에 늦지 않기 위해 아침 일찍부터 서둘렀다. 벌써 10번째 출연이고 매번 같은 주제로 토론배틀을 했다. 방송을 편성하는 제작진도 이쯤이면 더 이상 MLF와 관련되어 토론을 하는 것이 필요한가 했지만 MLF에 대한 세상의 반응과 돌아가는 모습은 그 열기가 사라지지 않고 있었다. 아니, 열기가 사라지기는커녕 점점 더 불타올라 도대체 그 끝이 어디일까를 생각하지 않을 수 없을 정도였다.

인간과 동물과의 자유로운 소통을 위해 개발되고 출시된 MLF의 판매량과 그 반응을 이제는 WWW!가 컨트롤할 수 없을 정도로 폭발적이고 놀라웠다. MLF를 사용하는 전 세계 사람들은 각자 새로운 방식과 훈련으로 본인들이 키우고 있는 동물들과의 소통을 했기에 전혀 그 누구도 예측하지 못했던 사건들이 발생해서 WWW!도 서서히 고민이 되고 있는 상황이었다.

"President Mr. Hunters, as you may be aware, the official statement from the company indicates that MLF sales have already surpassed 15 million units. What is the company's stance on this matter?"

(헌터스 회장님, 아시겠지만 지금 MLF의 판매는 회사 공식적인 발표에 의하면 벌써 1,500만 대를 넘었습니다. 회사의 입장은

어떤가요?)

"We are also surprised that such a large quantity of MLF is being sold. Above all, it leads us to reflect on the idea that perhaps there has been a significant need for communication between human and animals that has gone unmet for a long time."

(저희도 이처럼 많은 양의 MLF가 판매되는 것에 대해서 놀라고 있습니다. 무엇보다도 이는 우리 인간들과 동물과의 소통이 그동안 많이 필요했지 않았나 싶은 생각이 듭니다.)

"It's good for the company because it's been sold a lot, but we believe you may have also heard about the side effects of MLF occurring worldwide. What, in the company's view, is the most significant side effect that has been identified?"

(판매가 많이 되어서 회사의 입장에서는 좋겠지만 지금 세계 곳곳에서 일어나는 MLF의 부작용에 대해서도 들으셨으리라 생각합니다. 회사가 파악한 가장 큰 부작용은 무엇이라고 생각합니까?)

"Well, it started with the desire for peaceful and joyful coexistence with animals through open communication. If we must call it a 'side effect'… it may have originated from human greed, I believe."

(글쎄요. 동물과의 자유로운 소통을 통해서 동물과의 평화롭고 즐거운 하지만 미래를 함께 만들어 가고자 하는 마음에서 출발했습니다. 굳이 부작용이라고 한다면… 그건 인간의 욕심으로부터 시작된 것이 아닐까 싶습니다.)

"I want to know specifically what you mean by human greed."

(인간의 욕심이라면 어떤 것을 말씀하시는지 구체적으로 알고 싶습니다.)

"For instance, this might be the case. I believe our company may have somewhat overlooked the basic desires and ambitions inherent in our human. It definitely doesn't mean all the consumers who are using MLF right now. Some consumers clearly see the issue as those who, rather than restraining their excessive human nature, submit to it, exploiting animals and using them for malicious purposes."

(이를테면, 이런 것이죠. 저희 회사가 우리 인간들이 가지고 있는 기본적인 욕망이나 욕심을 조금은 간과한 것이 아닐까 싶습니다. 지금 MLF를 이용하시는 소비자분들 모두를 의미하는 것은 절대 아닙니다. 일부 소비자들 중에는 분명 지나친 인간 본성을 지켜 내지 못하고 이에 굴복하면서 동물을 이용하고 나쁜 곳에 사용하는 것이 문제라고 생각합니다.)

"So, what does the company plan to do about this?"

(그럼, 이에 대해서 회사 측에서는 어떤 조치를 취할 계획인가요?)

"We aim to establish a relationship through communication between human and animals, rather than planning to change anything about human. I believe that human possess the intellect and conscience to sufficiently control or regulate themselves, and it is on this basis that MLF was born."

(우리는 인간과 동물과의 소통을 통한 관계 확립을 원하는 것이지, 인간에 대한 어떤 것을 변경하는 것은 계획하지 않습니다. 저는 인간은 충분히 스스로를 통제하거나 컨트롤할 수 있는 지성과 양심이 있다는 것을 믿고 그 바탕 위에서 MLF가 탄생한 것입니다.)

"도대체 WWW!와 헌터스 회장은 생각이 있는 것인지 모르겠습니다."

WWW!의 헌터스 회장의 어제 날짜 기자회견을 다 같이 시청하고 난 후 김 교수는 흥분해서 말했다.

"저게 개소리지, 무슨 말입니까?"

김 교수는 흥분을 가라앉히지 못하고 연이어 말했다.

"아아! 교수님, 유튜브도 이제는 엄연히 방송입니다. 수십만

명이 함께 보시고 계시는데 개소리냐뇨. 그런 단어는 쓰시면 안됩니다. 1차 경고입니다."

놀란 진행자 박현호가 김 교수를 보고 말했다.

"아, 제가 순간적으로 흥분해서 그랬네요. 시청자분들, 죄송합니다."

김 교수는 계면쩍은 듯이 자리에서 일어나 고개를 숙이면서 말했다.

"그런데, 교수님. 헌터스 저 양반의 기자회견에서 뭐가 우리 교수님을 그리 화나게 했을까요? 왜 교수님의 입에서 심한 상소리가 나오게 했을까요? 도대체 어떤 내용인가요?"

자리에 앉는 김 교수를 보고 박현호가 물었다.

"네, 바로 인간이 스스로를 통제하거나 컨트롤할 수 있다는 말, 인간이 그런 지성과 양심이 있다는 것을 믿고 MLF를 만들어 냈다고 하는 말은, 듣는 저로서는 정말로 화가 많이 났습니다."

"그럼, 교수님은 우리 인간은 스스로를 통제할 수 없다고 생각하시는군요."

김 교수의 상대방 패널로 나온 영화배우 박희영이 물었다.

"물론 많은 사람들은 통제를 하지요. 하지만, 모두 다 그러지 못하기에 우리에게는 강력한 제도와 규칙이 있고, 그것들로 인해서 함께 지낼 수 있는 사회가 구성되고 유지되는 것입니다."

김 교수는 박희영을 보면서 이야기했다.

"그럼, 그런 제도와 규칙이 없는 동물들은 무엇인가요? 동물들은 그런 것들이 없어도 알아서들 잘 살아가고 있지 않나요? 그렇게 본다면, 인간보다 더 뛰어난 개체는 동물이라고 할 수도 있겠네요?"

갈가토론 공동진행자 우정진이 끼어들었다.

"어떤 면에서는 그렇다고도 볼 수 있습니다. 어느 면에서는 저는 그 말에 전적으로 동의합니다. 동물들에게는 그런 제도와 규칙을 만들 필요성 자체가 없을 수도 있습니다. 동물들은 순수하게 본능에 의해서만 행동하게끔 되어 있기에 복잡한 것이 필요 없다고 생각합니다. 그런데 지금 MLF 출시 이후 제가 우려했던 것처럼 동물들도 인간처럼 고등 생각을 하게 되었고, 결과적으로 다른 동물과 스스로를 비교하게 되었고, 본능보다는 인간에게 사랑받는 법을 배우게 되면서 이제 결국 동물의 고유 본능을 잃고 인간화되어 간다고 볼 수 있겠죠. 이건 정말로 큰 문제입니다. 저는 분명 WWW!사와 헌터스 회장도 이런 것들을 당연히 생각했다 봅니다. 그건 100%입니다. 다만, 지금 발뺌하는 것입니다. 매우 비겁하죠."

꽤 많이 흥분한 김 교수였다.

"아! 그나저나 지금 박희영 배우님은 MLF 잘 사용하고 계시나요? 지금 사용하신 지 얼마 되셨죠?"

박현호가 분위기를 바꾸기 위해 박희영에게 물었다.

"네, 이제 9개월 되어 가네요."

"그렇겠네요. 출시되자마자 구매하셨고 그 후로도 몇 번 방송에 나오신 거 봤습니다."

우정진도 한마디 거들었다.

"네, 방송에 나온 것을 보셨으면 아시겠지만 저의 3마리 강아지들은 정말로 잘 훈련을 시켰고 그래서 전 매우 만족해요. 크게 불만 없어요."

"아! 다른 2마리에게도 MLF 칩을 심으셨군요."

"네, 맞아요. 3마리 모두에게 심어서 한 마리, 한 마리 모두 잘 훈련시켰고, 지금은 정말로 한 가족처럼 지내고 있어요. 저녁에 같이 대화하는 시간은 제 정신건강을 최고조로 끌어올려 줍니다."

박희영은 MLF의 기능에 대해 매우 만족하는 듯했다.

"주로 무슨 대화를 하나요? 정말 궁금하네요, 하하!"

박현호가 물었다.

"네, 저는 일을 마치고 집에 오면 우선 오늘 잘 지냈는지, 밥은 잘 먹었는지, 아픈 곳은 없었는지 보통의 가족들의 대화처럼 그렇게 하고 있어요. 뭐 특별한 것은 없겠지만 이제는 제가 물어보는 것에 대해 한 마리, 한 마리 모두 잘 알아듣고 의사표현을 하니 너무 좋아요, 호호."

"의사표현은 어떻게 하나요? '나 내일은 소고기 먹고 싶어요' 이런 말을 하나요?"

박현호는 개그맨답게 장난스럽게 물었다.

"아직은 한 방향 커뮤니케이션이기에 제가 보통 물어보고 강아지들이 고개를 흔들면서 답변하죠. 뭐 이런 거죠. 돼지고기, 닭고기 그림을 보여 주면서 어떤 고기 먹고 싶냐고 물으면 손을 가져다 대면서 자신들의 의사를 표현하는 거죠."

"야, 그게 참 신기하고 재밌겠네요. 하하!"

박현호가 크게 웃었다.

"교수님, 박희영 배우님의 상황을 들어 보시면 교수님도 강아지 한번 키워 보고 싶지 않으신가요? 저도 혼자 산 지 오래되었는데, 저런 이야기를 듣거나 SNS상에 올라온 여러 가지 MLF 관련 내용을 보면 강아지나 고양이 한번 키워 볼 만하다 싶긴 하거든요."

박현호가 심각한 표정을 짓고 있는 김 교수에게 물었다.

"MLF가 꼭 나쁘다는 것만 말씀드리는 것은 아닙니다. 저도 많이 그런 기사 접했습니다. 그리고 실제로도 봤고요. 그리고 박희영 배우님은 지성과 양심이 있으신 분이기에 MLF 사용에 있어서 전혀 문제가 되는 분은 아닙니다."

김 교수는 박 교수가 토리에게 MLF 칩을 장착한 이후 잘 지내고 있는 것을 여러 번 들은 상황이었다.

"하지만…."

김 교수가 말을 이어 갔다.

"제가 강아지나 고양이를 키우는 것은… 뭐 그럴 수도 있다고 생각합니다만 저는 제 강아지나 고양이에게는 MLF 칩을 심지는 않겠습니다."

"그 이유는 뭔가요? 교수님이 생각하시는 그런 이유에서인가요? 인간과 동물의 경계가 무너져서 생기는 그런 혼란 때문인가요?"

이번에는 박희영이 물었다.

"굳이 따지자면 그런 이유 맞습니다. 저는 종교가 없는 무신론자이지만 늘 말씀드리듯이 이렇게 인간과 동물이 구분되고 대자연 속에서 함께 그 경계를 지키고 사는 것이 정답이라고 생각합니다. 그 경계가 허물어지는 순간, 그것은 대자연의 섭리에 대한 도전이고 그건 결국 돌이킬 수 없는 혼돈과 파멸이 올 것이라고 생각합니다. 그래서 저만이라도 MLF 칩을 제 강아지나 고양이에게는 심지 않겠습니다."

김 교수는 이렇게 말하면서 이미 박 교수와 함께 지내고 있는 토리를 생각했다. 그건 나중 일이고 그리고 내가 토리에게 MLF를 심은 것도 아닌데…. 내가 거짓말하지 않은 건 맞지, 뭐….

****

샤넬은 더 이상 울타리에서만 지내지 않아도 되었다. 구서희가 MLF를 통해서 늘 신신당부했기 때문이었다. 울타리를 치워 줄 테니 낮에도 맘껏 걷고 뛰고 해라, 다만 똥, 오줌은 정해진 곳에 다만 싸라, 자고 싶을 때는 언제든지 자되 책상 밑이나 소파 밑에서 자면 혹시나 나중에 모르고 밟힐 수가 있으니 잠은 꼭 울타리 안에 들어가서 자라, 땅에 떨어진 게 있다고 막 먹지 마라 등등 매일매일 이야기를 했기에 그 당부 속에서만 행동하려고 했다.

"샤넬, 나 왔다. 우리 샤넬 어디 있니?"

샤넬은 꼬리를 흔들면서 구서희를 반겼다.

"우리 이쁜 샤넬, 오늘도 하루 별일 없이 잘 지냈지? 어디 보자…. 오늘도 내가 말했던 이야기들 잘 들었는지 한번 볼까?"

구서희는 하루 동안 샤넬이 본인이 지시한대로 똥, 오줌을 한 곳에서만 쌌는지 등 여러 가지를 체크했다.

"어이구, 잘했네. 아이구, 이뻐라. 내 새끼."

구서희는 샤넬을 안고 볼에다가 뽀뽀를 했다. 샤넬은 오늘도 무사하구나, 잘 넘어갔구나 하는 마음이 들었는지 더 꼬리를 세차게 흔들었다. 구서희는 편한 옷으로 갈아입고 다시 마루에 나오자마자 책상을 펴고 그림책을 폈다.

"샤넬, 오늘도 공부해야지."

몇 개월째 저녁마다 반복되는 훈련 과정이었다. 지난달까지만 해도 단순한 그림책이었는데 이번 달부터는 뭔가 좀 어려운 책이었다.

"샤넬, 이런 것도 잘 배워 둬야 해. 그래야만 우리가 더 잘 살 수 있고 더 많은 이야기를 나눌 수 있단 말이야."

구서희는 MLF 마이크에 대해 여느 저녁처럼 샤넬에게 훈련을 시작했다.

"자, 이거 봐. 이게 뭐냐면… 응, 이건 사람들이 길을 건닐 때 보는 신호등이라는 것인데, 보이지? 빨간색 불이지?"

샤넬은 물끄러미 책을 들여다보고 있었다.

"아! 개는 색맹이라고 했지…."

구서희는 문득 개들이 색맹이라는 것이 생각났다.

"샤넬, 너가 색맹이라서 색 구분을 못 하겠구나…. 맞다. 사람들 모양으로 된 신호등도 있고, 길 건너는 시간을 알리는 숫자로 된 신호등도 있어. 너무 걱정 마, 샤넬."

구서희는 뭔가 생각이 났는지 손뼉을 치면서 핸드폰을 열어 '신호등'을 검색했다.

"아니다. 그러고 보니 샤넬 아직 숫자 못 읽지? 우선 숫자부터 배워야겠다. 다른 책 가지고 올게."

구서희는 방에서 어린이집용 숫자판 그림책을 가지고 왔다.

"샤넬, 이거 잘 봐 봐. 이게 하나라고 하는 숫자야. 물건이 하나 있을 때 이 숫자를 쓰는 거라고. 하나, 일! 잘 알았지?"

구서희는 저녁밥 먹는 것도 잊었고, 그래서 샤넬 밥 주는 것도 까먹은 듯했다.

"왈왈!"

샤넬이 뭔가를 요구하는 듯 짖었다.

"응? 왜? 알아들었다고? 그래, 역시 똑똑하다. 우리 샤넬. 최고다!"

구서희는 샤넬을 다시 들어올려 안았다.

샤넬을 다시 앉히고 구서희는 계속 혼자 떠들어 댔다. 그때였다.

띵동, 띵동!

출입구 벨이 울렸다.

"어! 오셨나 보다."

구서희는 누군가가 찾아 오는 것을 미리 알고 있었다는 듯이 바로 문을 열어 주었다.

"엄마! 보고 싶었어. 헤헤."

구서희는 엄마와 포옹하면서 반갑게 맞이했다.

"서희야, 잘 있었어? 너 얼굴 살 좀 빠진 거 같네. 요즘 힘들어?"

대전에 사는 구서희의 엄마는 몇 개월째 찾아오지 않은 딸을 보러 서울까지 온 것이었다.

"근데, 서희 너 원래 강아지 키웠어? 얘, 요즘 들어 보니 강아지 키우는 데도 돈 많이 든다고 하는데 어떻게 하려고 강아지를 키우니? 너 혼자 먹고살기도 힘들 텐데."

구서희 엄마는 샤넬을 보면서 말했다.

"아냐, 엄마 생각한 것처럼 그렇게 돈 많이 들지 않고. 얘 이름은 샤넬이야. 근데 얘 진짜 똑똑해. 엄마 한번 볼래?"

구서희는 부모님이 걱정하실까 봐 샤넬 키우는 것에 대해서 이야기를 하지 않고 있었다. 하지만 이참에 잘되었다 싶었다. 샤넬이 얼마나 똑똑하고 같이 사는 깃이 즐거운지를 엄마에게 직접 보여 주고 싶었다.

"강아지가 똑똑해 봤자 강아지지, 뭐. 별거 있니?"

엄마는 가지고 온 음식들을 냉장고에 집어 넣으면서 건성건성 이야기를 했다. 대전 집에서는 개도 키우지 않았고 평소에 동물에 대해서 큰 관심이 없었지만 그래도 지난 몇 개월간 전 세계를 흔들었고 지금도 핫이슈인 MLF를 엄마도 모르지는 않을 것이라고 구서희는 생각했다.

"샤넬은 달라, 엄마. 진짜 똑똑하다니까. 뭐부터 보여 드릴까? 우선 아주 간단한 것부터 보여 줄게."

구서희는 MLF 마이크를 통해 샤넬에게 앉아, 일어서, 기어, 굴러 등 기본적인 것을 시켰다. 샤넬은 늘 하던 행동들이라 쉽게 쉽게 구서희의 말에 따라 움직였다.

"말 잘 듣네. 강아지가 귀엽네. 호호."

엄마도 강아지가 사람 말을 알아듣고 행동하는 것을 실제로 처음 봤기에 신기해했다.

"엄마, 이런 건 정말 기초 중의 기초이고. 봐 봐, 내가 좀 더 어려운 거 시켜 볼게. 샤넬! 오늘 하루 종일 집에 있었는데 지루하지 않았어?"

역시 매일 집에 퇴근하면서 샤넬에게 묻는 그 정도의 질문을 했다. 샤넬을 구서희의 이야기를 듣고 눈을 껌벅껌벅하더니 고개를 천천히 옆으로 흔들었다.

"어머! 정말 강아지가 사람 말 알아듣는 거 같네, 신기하다, 애."

구서희 엄마는 샤넬이 고개를 가로저으며 자신의 감정을 행동으로 표현하니 그 모습이 너무 신기해 보였다.

"봤지? 우리 샤넬이 그 정도라니까, 호호."

구서희는 그간의 훈련 결과를 얻은 듯해서 몹시도 기분이 좋고 뿌듯했다.

"얘가 또 뭐 할 수 있는데?"

이번에는 엄마가 궁금한 듯했다. 구서희 엄마도 MLF 기사를 많이 접해서 동물들이 이제 여러 가지를 할 수 있다는 것을 알고는 있었다.

"정말 많은 거 할 수 있는데, 그래도 이렇게 동물이 사람처럼 감정을 표현한다는 것이 얼마나 똑똑하고 대단해. 안 그래?"

구서희는 말하면서 다음엔 어떤 것을 보여 줄까 생각했다.

'그래! 그거 한번 물어봐야겠다.'

구서희는 뭔가가 생각난 듯 박수를 한 번 쳤다.

"엄마, 내가 이거 한번 물어볼게. 그러고 보니, 그동안 샤넬과 살면서 한 번도 이런 것을 물어보지 못했네. 샤넬! 지금 나랑 살면서 기분이 어때? 행복하지? 좋지?"

구서희는 샤넬의 얼굴과 엄마의 얼굴을 번갈아 쳐다보면서 눈빛 초롱초롱하게 물었다. 내가 샤넬을 얼마나 사랑하고 있는지 샤넬은 분명히 알 테니 고개를 당연히 끄덕여야지. 구서희는 샤넬이 얼른 고개를 끄덕일 것을 기대하면서 지켜봤다. 즉각적인 샤넬의 답변을 기대하고 있었는데 몇 초간의 시간이 흐르자 구서희는 계면쩍어 엄마를 쳐다봤다. 엄마 역시 샤넬이 어떤 반응을 보일지 몰라서 자신을 쳐다보는 구서희와 샤넬을 번갈아 쳐다봤다. 샤넬은 몇 초간 생각을 하더니 "왈왈!" 짖으면서 고개를 좌우로 심하게 흔들었다.

"엥? 뭐야? 서희야, 강아지가 너랑 사는 것이 행복하지 않다고 하는 거 지금 맞아? 이 개가 정확하게 네가 뭐 물어봤는지 알아듣긴 한 거야, 응? 서희야? 얘가 한 말이 맞아?"

뜻밖의 샤넬 반응에 놀란 엄마는 걱정스러운 눈빛으로 딸에게 물었고 엄마는 이윽고 충격으로 넋이 나간 채 하염없이 눈물을 흘리고 있는 구서희의 모습을 똑똑히 볼 수 있었다….

****

번개는 빠르게 MLF 칩에 적응했다. 이제는 웬만한 정 과장의 말은 어느 정도 알아들을 수 있을 만큼 되었고 그 결과 정 과장과 번개는 제법 즐거운 생활을 하고 있었다. 정 과장은 주로 저녁에 집에서 번개와 대화를 하면서 번개에게 빠르게 사람들의 말과 물건의 이름을 외우게끔 했고, 그 결과 번개는 자기 의사표시도 쉬운 것은 할 수 있게끔 되었다. 정 과장은 MLF의 성능에 대해 매우 만족했고, 회사에 오면 번개와 이야기를 하고 훈련시키는 것이 그의 일과 중 하나였다. 골프는 잊은 듯했다.

정 과장은 이 대리의 권유로 인터넷 밴드에 있는 수많은 반려견 모임 중 하나를 선택해서 나갔고, 거기서 우연히 암컷 강아지를 키우고 있는 한 여성과 만나게 되었다. 자연스럽게 정 과장과 그녀는 번개와 그녀의 강아지가 함께 만나는 데이트를 했고 정 과장과 번개는 만족스러워했다.

정 과장은 최근 들어 번개에게 짝짓기 교육을 하고 있었다.

"번개! 오늘이 벌써 몇 번째 만남이냐? 나는 인마 그 여자랑 잠도 잤는데 넌 아직 그러지 못했지? 내가 보니까 넌 수줍음이 많은 거 같던데 남자면 남자답게 오늘 만나면 좀 적극적으로 하라고, 알았지? 하하."

정 과장은 그녀와 3번째 만났을 때 술 한잔을 하면서 자연스럽게 분위기가 달궈져서 하룻밤 사랑까지 나누게 되었고 그 이후로는 자주 관계를 가졌다.

"번개야, 그러니까 인간도 동물도 다 비슷한 거야. 다들 본능에 충실할 때가 있다니까. 봐라, 인마. 나는 그래서 그녀와 뜨밤도 나눴고 그 이후로도 여러 번 그랬다니까. 번개 너도 오늘은 좀 단단히 마음먹고 말이야, 알았지? 오늘 만나면 분위기 잘 만들어 봐. 남자는 그냥 밀어붙이는 거야, 하하!"

공교롭게도 정 과장과 만남을 하고 있는 여성 역시 그녀의 강아지에게 MLF를 통해 지난달부터 성교육을 하고 있었다.

"엄마가 하는 말 잘 들어야 한다. 분명히 번개가 너에게 사랑을 고백하고 너랑 교미하기를 원할 텐데 지금부터 엄마가 하는 말 명심해. 너가 번개랑 짝짓기하기 전에 유의해야 할 것들인데 난 정 과장님이 이런 내용들을 인지하고 있는지가 궁금하다니까."

그녀는 정 과장을 만나면 보여 주려고 강아지 교미수칙을 적어 왔다.

- 건강검진 : 짝짓기 전에 양쪽 개가 건강하고 예방접종을 받았는지 확인하세요. 감염병과 기타 건강 문제를 방지하기 위해 정기적인 건강검진이 중요합니다.
- 종 검토 : 개의 종을 고려해야 합니다. 순종끼리의 짝짓기는 종의 특성을 유지하고 향상시킬 수 있지만, 무분별한 교배는 혼종을 일으킬 수 있습니다.
- 연령 : 양쪽 개가 짝짓기에 충분한 연령에 도달했는지 확인하세요. 종마다 최적의 번식 연령이 다를 수 있습니다.
- 건강 상태 : 개의 건강 상태를 확인하고 유전적 질병을 피하기 위해 해당 개의 가족력을 조사하세요.
- 격리 : 외부 개와의 접촉을 피하고, 격리 환경에서 짝짓기를 진행하세요. 이는 질병 전파와 안전을 보장하는 데 도움이 됩니다.
- 종 선발 : 양쪽 개의 성격, 건강, 형태 등을 고려하여 최적의 짝을 선택하세요. 이를 통해 원하는 특성을 유전적으로 전달할 수 있습니다.
- 번식 계획 : 번식 전에 번식 계획을 세우세요. 새끼 개들의 돌봄, 사회화, 판매 또는 분양 계획 등을 고려해야 합니다.

- 법률 및 규제 : 개의 번식은 지역 법률과 규정을 준수해야 합니다. 무단 번식은 불법일 수 있으며 벌금이나 처벌을 받을 수 있습니다.
- 책임감 : 번식은 개와 새끼 개에 대한 책임감을 요구합니다. 새끼 개들의 건강, 행복, 사회화, 교육 및 장기적인 돌봄을 고려하세요.
- 분양과 입양 : 새끼 개를 분양 또는 입양할 때, 새로운 주인에게 적절한 정보와 지원을 제공하세요. 새로운 주인이 개의 복지를 보장할 수 있도록 돕는 것이 중요합니다.

"이거 말고도 주의해야 할 것들이 분명히 더 있을 텐데…. 엄마는 진짜 걱정이다. 과장님은 이런 거 모를 거 같아."

그녀의 강아지는 그녀가 읽어 주는 것을 MLF를 통해 듣고 있었다.

"아, 과장님. 여기예요."

그녀가 MLF 장착 전용 애견카페로 들어오는 정 과장과 번개를 보면서 자리에서 손짓하며 말했다. 그녀는 커피와 조각케이크를 시켜서 강아지와 함께 먹고 있는 중이었다.

"아, 일찍 왔네. 오는데 주말이라 그런지 차가 좀 막히더라고. 그리고 이제 우리끼리 있을 때는 과장님, 과장님 그러지 말고 그냥 오빠 아니면 자기라고 해."

정 과장은 웃으며 자리에 앉으며 말했다. 번개와 그녀의 개는 여러 번 만났기에 서로 냄새를 맡으면서 빙글빙글 돌았다.

"저는 오빠라고 하는 말이 잘 안 되던데…. 호호."

"그것도 연습해야 해. 자! 오늘이 오빠라고 하는 첫날이야. 알았지?"

정 과장은 그런 그녀가 청순해 보이고 이뻐 보였다.

"알았어요, 오빠!"

그녀도 웃으면서 말했다. 번개와 그녀의 강아지는 여전히 서로의 엉덩이 쪽을 킁킁거리고 있었다.

"번개야, 아빠가 어젯밤에 이야기한 거 오늘은 해 보자, 알았지!"

정 과장이 MLF 마이크를 꺼내서 번개에게 이야기를 했다.

"무슨 이야기를 했는데요?"

그녀가 궁금한 듯 물었다. 그때 번개가 그녀의 강아지를 올라 타려고 했다.

"어머머! 번개야! 뭐 하는 짓이야!"

"하하! 번개야, 아빠가 그 이야기를 했다고 어떻게 바로 실행하냐, 하하!"

정 과장은 뭔가 자신의 개가 자랑스러운지 크게 웃었다. 웃음

소리가 커서 애견카페에 있는 사람들이 모두들 쳐다봤다.

"아니, 과장님. 도대체 번개에게 무슨 이야기를 하신 거예요?"

놀란 그녀가 자신의 강아지를 끌어안고서 정 과장에게 화난 듯이 말했다.

"무슨 이야기는 무슨 이야기겠어. 하하. 이제 우리 번개도 사랑 표현하고 그리고 남자답게 확 밀어붙이라고 했지, 뭐. 근데 말 끝나자마자 바로 이럴 줄은 몰랐네. 역시 주인 닮았네. 하하! 박력 있네."

성 과장은 MLF를 통해서 흥분한 번개에게 이야기를 했다.

"번개야, 아무리 그래도 그렇지. 여기 봐 봐. 다른 사람들도 있고 다른 개들도 있는데 여기서 바로 그러면 안 돼지. 이따가 분위기 만들어 줄 테니까, 하하! 지금은 참고 있어. 자, 이거 먹고 좀 가만히 있자, 알았지?"

정 과장은 흥분한 번개를 잠재우려고 먹이를 건네주며 말했다. 번개는 먹이 때문이었는지 아니면 MLF를 통한 정 과장의 이야기를 들어서인지 곧바로 흥분이 가라앉았고 얌전해졌다.

"과장님! 도대체 우리 강아지를 뭘로 생각하신 거예요?"

그녀의 목소리에는 놀람과 분노가 섞여 있었다.

"아니, 뭘로 생각했다니…. 뭔 말이야?"

정 과장은 뜻밖의 반응에 그 역시 당황스러웠다.

"애네들도 감정과 견격이 있는데, 이게 무슨 짓이냐고요!"

그녀는 강아지를 안고 자리에서 벌떡 일어섰다.

"아니, 나는 분명히 애네들도 그런 본능이 있을 것이라 생각했고, 주인이 있어서 교미를 못 했을 거라고…. 그래서 나는 번개에게 용기를 주고 한번 수컷답게 한번 용기를 내라고 한 것뿐인데…. 나도 여기서 이럴 줄은 몰랐지."

정 과장은 그녀의 과한 반응이 어느 정도는 이해는 되지만 동물 사이에서 충분히 일어날 수 있는 일 가지고 너무 역정을 내고 흥분하는 것이 아닌가 싶어서 의아스러웠다.

"용기라니요? 그럼 번개가 용기가 없었는데 과장님이 용기 내서 한번 해 보라고 하신 거란 말이에요? 지금 그게 말이 된다고 생각하세요? 이건 강간이라고요!"

그녀가 큰소리로 이야기를 하자 주변 사람들도 다들 웅성웅성하기 시작했다.

"강간이라니? 동물끼리 교미를 하는 것이 뭔 강간이야? 그리고 이런 일이 우리 개들 사이에서만 일어나는 거야? 도대체 뭔 소리를 하는 거야?"

정 과장도 순간 욱하는 심정이 들었다. 물론 번개가 아무리 동물이지만 그래도 사람들이 보고 있는 이런 곳에서 정말 교미를 할 줄은 몰랐기 때문이었다. 그저 번개를 좀 자극시키면 시간이

지나면서 자연스럽게 그런 분위기가 만들어지고 번개가 잘 알아서 하겠지 생각했는데 동물은 역시 동물이구나 하는 마음이 들었다.

순간 정 과장의 눈에는 여자가 이성을 잃은 모습으로 소리를 지르며 조각케이크를 먹기 위해 사용하던 포크를 들고 자신에게 달려드는 모습이 보였다….

* * * * * * * * * *

"…WWW!사는 MLF를 이용해서 전 세계 많은 동물 단체들과 함께 위기에 처한 동물들을 구하고 동물들의 입장에서 한목소리를 내고 있습니다. 이미 멸종 위기에 처한 아마존 왕관앵무새와 멕시코만에 사는 금의무늬고래는 MLF를 이용해서 해당 동물들이 인간과 접촉해서 좀 더 안전하고 개체를 늘릴 수 있는 방법에 대해 알려 주었다고 합니다. 물론 MLF에 반대하는 동물 구호단체도 있지만 그래도 MLF의 순기능이 작동을 하고 있지 않은가 합니다. WWW!사에 의하면 멸종 위기에 처한 아프리카 코끼리, 중국의 판다 그리고 자바 섬에 서식하는 세인브르투스 소를 더 구제하기 위해 무료로 MLF를 공급하기로…"

"…지금 이스라엘과 팔레스타인 무장 단체인 하마스의 전쟁에 예전에 없었던 많은 동물들이 투입되고 있는 매우 안타까운 상황이 발생하고 있습니다. 시청자 여러분들도 이미 많이 예상하셨겠지만 전쟁에 투입되고 있는 동물들은 모두 MLF를 통해서 자폭 훈련을 받았습니다. 이 동물들은 몸에 폭탄을 두르고 적기지로 침투하고 원격으로 폭탄을 터트리는 방법으로 지금까지 보고된 숫자만으로도 투입된 동물의 수만도 수백 마리에 이릅니다. 인간들의 무모한 전쟁에 아무 죄 없는 동물들이 희생되고 있는 또 하나의 처참한 모습입니다. 양측은 전쟁 승리를 위해서는 어쩔 수 없는 선택이었다고…"

"…여기는 서울의 한 동물병원입니다. 보시는 것과 같이 지금 동물병원에는 밀려드는 반려동물들과 그들의 주인들로 인해 앉는 공간이 없을 정도로 비좁은 상태입니다. 한 분과 인터뷰를 해 보겠습니다. 안녕하세요? 지금 강아지를 안고 계신데, 강아지 어디가 아픈가요?"

"네. 제 강아지는요, 지금 두통이 있습니다. 어제 낮에 뭔가를 잘못 먹었는지 아니면 어디에 부딪혔는지 모르겠지만, 두통이 있습니다. 그래서 병원에 왔습니다."

"아! 그러시군요. 그럼 강아지 머리가 아픈 것을 어떻게 아셨는지요?"

"네, MLF를 통해서 저는 제 강아지와 벌써 몇 개월부터 같이 이야기를 해 왔어요. 당연히 지금은 어디가 아픈지 제가 잘 파악할 수 있고요."

"네, 인터뷰 고맙습니다. 보시는 것과 같이 예전에는 상상도 할 수 없는 일입니다. 반려동물이 어디가 아픈지를 주인과 소통해서 알게 해 주고 주인은 정확하게 그 부분을 치료해 주고 있는 현재입니다. 동물들의 권익과 복지가 많이 향상되는 그런 시대입니다…"

"…동물을 이용해서 개인 정보를 빼내는 신종 사기가 늘어나고 있습니다. MLF를 통해 고도의 훈련을 받은 동물들이 주인의 명령을 받고 야간이나 사람이 없는 시간에 건물이나 회사에 침투해서 내부 정보를 빼 오는 사건들이 많이 접수되고 있습니다. 주로 개보다는 고양이, 그리고 비둘기를 이용해서 이러한 범죄들이 발생하고 있는 점에서 그 수법과 건수가 경찰들을 놀라게 하고 있습니다. 당국은 늘어나는 동물 이용 범죄를 줄이고 대처하기 위해…"

****

　김 차장은 이날도 철우와 상우와 힘겨루기를 하고 있었다. 두 아들과 와이프가 그렇게 원하는 강아지 키우기는 아직도 끝나지 않은 김 차장네의 숙제였다. 이제 어느 한쪽에서 백기를 들 때도 되지 않았을까 싶은데 양쪽 모두 절대 양보 없이 보낸 시간이 거의 1년이다.

　김 차장은 그동안 그 어느 누구보다도 MLF와 관련된 동영상이나 기사를 많이 찾아보고 접했다. 본인이 옳다는 것을 끝까지 주장하려면 적을 먼저 알아야 한다는 그만의 신념이 있었기에 줄곧 MLF에 대한 것을 찾아봤다. 보면 볼수록 빠져들고 신기하고 믿기 어려운 것들이 많았다. 보고 있자면 본인도 강아지나 고양이를 키워서 빨리 실제로 동물과 커뮤니케이션을 하고 싶다는 생각이 들기도 했다. 하지만, 그런 세계적인 대기업의 마케팅에 놀아나지 말아야지, 세상 모든 사람들이 좋다고 하는 것이 있어도 본인은 의연하게 그것들과 동떨어져 자신만의 가치와 존재감을 세워야지 하는 마음이 늘 컸다.

　사실 아이들, 철우와 상우를 생각한다면 하루라도 빨리 강아지를 입양해서 MLF 칩을 장착하고 싶었다. 지금 MLF 칩을 심은 강아지나 고양이를 키우는 집들이 급속도로 늘어나고 있고, 그런 트렌드를 무시하면 안 되었기 때문이었다.

"철우야, 상우야! 여보, 모두 이리 와 봐. 가족 회의 하자."

김 차장이 식구들을 다 불러 모은 것은 MLF가 출시되고 난 딱 1년이 경과된 시기였다.

"자, 다들 모여 봐."

김 차장은 식구들을 모아 놓고 이야기하기 시작했다.

"아빠가 말이야, 그동안 우리 가족들의 요구 사항을 계속해서 듣긴 했으나 받아들이시 않았던 부분들도 있었다."

김 차장은 연설하듯이 근엄한 목소리로 말했다.

"당신이 가족의 요구를 듣지 않은 것이 뭐 한두 가지인가요? 새삼스럽게 무슨 이야기를 하는 거예요?"

아내가 불만이 서린 목소리로 이야기를 했다.

"맞아요! 우리가 강아지 키우자고 했는데 아빠는 우리 이야기를 들어 주지 않았어요."

둘째 상우가 말했다.

"음! 음! 거 참… 다들 말이 많군. 그래, 상우 말 잘했다. 강아지 키우자고 우리 가족들이 그동안 여러 번 이야기를 해 왔으니 이번에는 아빠가 큰 결심을 했습니다. 아빠가 그 요청을 받아들이기로 했습니다."

김 차장은 마치 독립선언문을 낭독하는 그런 모습으로 가족의 요구 사항을 마음 넓게 들어 주겠다 하는 표정을 짓고 있었다.

"네? 강아지를 키우겠다고요?"

첫째 철우가 놀랐지만 얼굴에는 놀라움과 웃음이 한가득이었다.

"여보, 정말이에요?"

아내도 생각하지도 않은 남편의 선언에 적잖이 놀라는 표정이었다.

"응, 맞아. 내가 왜 거짓말하겠어? 우리도 강아지 키우자."

김 차장의 말에 다들 박수를 치고 좋아들 했다. 철우는 눈에 눈물이 맺히는 듯한 격한 표정으로 '와아!' 하면서 연신 박수를 치고 있었다.

"아, 우리 식구들이 모두 좋아하고 기뻐하니까 아빠도 아주 기분이 좋다. 하하!"

김 차장은 친구로부터 강아지를 받기로 한 약속 장소로 주말에 가족들과 함께 갔다.

"근데, 여보. 우리가 애견샵에 가서 원하는 애를 데리고 오는 것이 아니었네요?"

약속 장소로 가던 중 차에서 김 차장의 아내가 물었다.

"응, 그렇지. 내 대학 친구 중 한 명이 강아지를 키우는데 이번에 호주로 발령이 나서 강아지랑 같이 못 가게 되었잖아. 그래서 대학 단톡방에 강아지 입양할 수 있냐고 묻기에 내가 데리고 간다고 했어. 그리고 더 좋은 건 이미 MLF를 사서 심어 놨기에 돈도 들지 않고. 여러모로 너무 좋지 않아?"

김 차장은 여러모로 돈을 아낄 수 있는 상황이라 얼른 입양 제안을 받아들인 것이었다.

"강아지도 공짜, MLF도 공짜. 뭐라도 사례해야 하지 않겠어요?"

아내는 좀 부담스러운 듯했다.

"그래서 지난주에 만나시 술 한 번 기하게 샀지. 너석이 5년간 키운 강아지인데 많이 아쉬워하더라고. 근데 뭐 호주에 데리고 갈 수가 없잖아? 알지? 호주는 MLF 수입 반대가 심해서 아직 MLF 심은 강아지 못 데리고 들어간다고."

전 세계적으로 이슈를 만들고 있는 MLF지만 몇몇 국가에서는 동물 단체들의 반대가 심해서 아직 전면 개방을 하지 못한 나라들도 있는 상황이었다.

"근데 당신 입양하기로 한 강아지 봤어요?"

아내가 다시 궁금해서 물었다.

"사진으로는 봤지. 아주 이쁘게 생겼어. 그리고 애견샵에서 팔고 있는 강아지들은 난 왠지 믿음이 안 가더라고. 뭐 파는 사람들은 혈통이 좋고 뭐 털이 안 빠지고 어쩌고저쩌고 하지만 장삿

속이니까 난 못 믿겠어. 그래도 이놈은 친구가 5년 동안 같이 키웠다고 하니 뭔가 훈련도 되어 있을 거고 괜찮을 거야. 게다가 MLF 칩이 심어져 있으니 사람 말도 척척 알아들을 거 같고. 얼마나 좋아."

김 차장이 이제는 가족들보다 오히려 더 반려견 입양에 적극적인 모습이었다. 뒷자리에 앉은 철우와 상우는 그토록 원했던 강아지 입양에 신이 난 듯 연신 흥얼거리고 있었다.

친구로부터 강아지를 건네받고 집으로 돌아온 김 차장과 김 차장의 가족은 그날 저녁, 곤란에 빠졌다. 친구가 5년간 키운 강아지이고 MLF로 훈련을 잘 받은 상태라 마음 편히 집에 데리고 왔는데 막상 집에 오니 말을 전혀 듣지 않고 움직이지도, 밥을 먹지도 않고 뭔가 파업을 하는 그런 모습이었다.

"아빠, 얘는 우리 집이 싫은가? 우리가 주는 밥이 맛이 없나? 왜 아무것도 안 먹지?"

걱정스러운 눈빛으로 철우가 말했다. 같이 대화도 하고, 시키는 심부름도 척척 해낼 것만 같았기에 즐거운 상상을 하고 있었는데 의외로 말을 전혀 듣지 않자 철우는 내심 실망이 컸다.

"아마 그동안 같이 살던 주인과 떨어져서 낯선 집에 오니까 이런 걸 거야. 충분히 이해할 수 있잖아? 철우 너도 아빠, 엄마랑 살다가 다른 집에 가면 많이 낯설고 쓸쓸하고 그럴 거 아냐? 똑같은 거지, 뭐. 너무 걱정하지 마. 내일부터는 밥 잘 먹을 거야."

아내는 철우의 머리를 쓰다듬으며 말했다. 그러나 밥을 먹지 않고, 움직이지 않는 행동은 거의 3일 내내 지속되었다. 하루 종일 누워만 있었고 전혀 움직이거나 뭔가를 원하는 그런 눈빛도 아니었다. 사람으로 치자면 마치 삶을 포기한 듯한 그런 모습이었다.

'아니, 이 자식이 왜 이러지? 버려진 것도 아니고, 새로운 주인을 만나면 적응해야지, 이렇게 싫다고 아무것도 하지 않으면 뭐하러 내가 데리고 왔어? 친구 자식 말에 의하면 밥도 잘 먹고 말도 엄청 잘 듣는다고 했는데….'

김 차장은 뭔가가 이상하게 돌아가고 있다는 생각이 들었다. 주인과 떨어져서 슬픈 건 충분히 공감하지만 그래도 동물이 아닌가? 자고로 동물은 본능에 매우 충실한 개체이고 그러기에 배가 고프면 당연히 음식을 먹어야 하는데 영 이해가 가지 않았다. 아무리 똑똑해진다고 해도 동물이 본능을 거부할 수는 없지 않은가…? 김 차장과 식구들은 MLF 마이크에 대고 수도 없이 이야기를 했으나 꼼짝도 하지 않는 상황이 지속되고 있었다.

"여보, 얘 어디 아픈 거 아닌가요? 아픈 얘 데리고 온 거 아냐?"

아내는 남편 친구가 슬슬 의심되기 시작했다.

"아냐, 내가 친구에게 여러 번 물어봐서 얘가 아프지 않은 거 확인했거든. 그리고 친구가 설마 나에게 속이고 줬겠어?"

김 차장은 매우 난감했다. 도대체 무슨 일인가? 하지만 김 차장 식구들은 김 차장 친구의 아내가 개에게 절대로, 절대로 남의 말을 들으면 안 된다고 MLF를 통해 세뇌교육을 한 것은 당연히 모르고 있었다. 남의 말을 듣는 즉시 죽일 수도 있다고 한 명령 아닌 명령을 개는 강력하게 기억하고 지키려고 하는 것뿐이었다….

****

이 대리와 지민은 신혼의 단꿈에 젖어 있었다. 연예한 지 6년 만에 드디어 결혼이라는 결실을 보게 되었고 타이거와 함께 셋이서 매일매일 소소하지만 행복한 일상을 보내고 있었다. MLF 칩을 심은 타이거는 지능이 점점 더 좋아지는지 시키는 것 말고도 뭔가를 생각하고 사랑을 받기 위해서는 무엇을 해야 하는지도 아는 듯했다. 이 대리와 지민이 하는 말을 다 알아듣는 것이 지민의 입장에서는 여전히 찝찝했지만 아기가 없는 상황에서 타이거를 아기라고 생각하기로 했다. 하지만 이 대리와의 약속대로 타이거에게 많은 것을 가르치지는 않기로 했다.

"오빠, 오늘 좀 일찍 오면 안 돼?"

지민이 아침에 출근하는 이 대리에게 말했다.

"오늘, 뭐 특별한 거 없으면 일찍 올 수 있는데, 왜? 무슨 일 있어?"

이 대리는 지민에게 물었다.

"응, 나 오늘 임신테스트 하려고 하는데 중요한 일이니까 같이 확인해 보자고."

지민이는 부끄러운 듯 얼굴이 발그스레해졌다. 지난번에도 같이 확인했으나 한 줄로 나와서 두 사람은 실망하기도 했었다.

"그래? 알았어. 오늘은 일찍 올게. 나도 궁금하다. 만약 두 줄 나오면 오늘부터 대대적인 파티다, 하하!"

이 대리는 들뜬 마음으로 출근을 서둘렀다. 출근하는 이 대리를 타이거는 물끄러미 바라보고 있었다.

그날 저녁, 두 사람은 파티를 할 수 있게 되었다.

"와! 드디어 내가 아빠가 되고 드디어 우리가 부모가 되는구나! 너무 감격스럽다. 지민아…."

이 대리는 임신테스트기에 두 줄이 나오는 것을 확인하고는 소리를 질렀다.

"지민아, 이제부터는 좋은 생각만 하고 그리고 좋은 것만 먹어야 한다, 알았지?"

부끄럽지만 좋아서 웃고 있는 지민이를 보고 이 대리는 기쁨을 감출 수가 없었다. 이 대리와 지민이가 왜 좋아하는지는 모르겠지만 뭔지 모르게 기뻐서 둘이서 얼싸안고 있는 모습을 본 타이거도 덩달아서 왈왈 짖었다.

"그래! 타이거 너한테도 알려 줘야겠네."

타이거가 껑충껑충 뛰어오르는 모습을 본 이 대리는 MLF 마이크를 집어 들었다.

"타이거, 들어 봐. 남자와 여자가 결혼이라는 것을 하고 시간이 좀 지나면 아기가 생기는 것이 당연한데, 드디어 우리에게도 아기가 생겼어! 이제 우리는 세 식구가 아니고 네 식구가 되었다는 것이야! 타이거 너무 기쁘지 않냐?"

이 대리는 타이거가 잘 알아들을 수 있도록 가급적이면 크게, 천천히 말했다. 아기, 식구라고 하는 단어와 숫자에 대해서 훈련을 통해 가르쳤기에 타이거는 식구가 늘어날 것이라는 것을 어렴풋이 짐작할 수가 있었다. 새로운 식구가 생긴다는 것은 좋은 일이고 기쁜 일이고, 게다가 주인들이 저렇게 좋아하고 있으니 분명 이건 좋은 일이야. 순간적으로 판단이 선 타이거는 다시 한 번 껑충껑충 뛰면서 기쁨을 표시했다.

"그렇지! 타이거, 너도 기쁘구나. 고맙다, 타이거."

이 대리는 식탁에 있던 육포를 가지고 와서 기쁨을 함께 표현하고 있는 타이거에게 주었다.

"타이거, 고마워."

지민도 그런 타이거가 기특하고 고마워서 한마디 했다.

"오빠, 자?"

"아니, 아직 안 자. 왜? 지민아."

자고 있다고 생각했던 지민이 이 대리에게 말을 건넨 건 임신을 알고 난 후 1주일 후였다.

"내가 곰곰이 생각을 해 봤는데 말이야."

"뭔 이야기인데?"

지민 쪽으로 이 대리가 몸을 돌려 누웠다.

"웅…. 다른 게 아니고…."

"무슨 말인데?"

"타이거 말이야."

"타이거?"

이 대리는 전혀 생각하지 않은 주제라 의외라는 얼굴을 하고 지민을 쳐다봤다.

"오빠도 알지만, 우리 아기가 태어나면 주의를 해야 할 것들이 많잖아? 그중의 하나가 바로 강아지 털인데, 개털이 아기의 식도를 막게 할 가능성이 높다는 거야."

"개털이 아기에게 좋지 않은 것은 나도 잘 알아. 그래서 타이거 털 관리를 잘 해야지."

"어떻게 관리를 할 건데?"

지민이 침대에서 일어나 앉았다.

"그야 뭐 타이거 털 매일매일 빗겨 주고 일주일에 한 번씩 정기적으로 목욕시켜 주고 털 다듬고 자르기 등이지, 뭐."

"그래도 갓난아기에게는 치명적이야. 그 가느다랗고 좁은 목에 두꺼운 개털이 박힌다고 생각해 봐. 말도 못 하고 아기가 얼마나 고통스럽겠어?"

지민은 마치 자신의 목에 개털이 박힌 듯이 괴로운 표정을 짓고 있었다.

"당연히 그러면 위험하지. 그래서 타이거를 어떻게 하자는 거야?"

이 대리의 목소리가 약간은 신경질적으로 변해 가고 있었다.

"나도 몰라. 근데 타이거랑 우리 아기랑 같은 공간에 있을 수는 없어."

"아니, 우리 집이 하나인데 같은 공간에 둘 수 없다고 하면, 그런 말이 어디 있어? 타이거를 누구에게 보내자는 거야?"

"오빠가 알아서 어떻게든 해 줘. 원래 타이거는 오빠가 키웠던 개였잖아."

지민도 이 상황에 대해 뭐라고 하기도 뭐한 그런 심정이었으나 절대로 자신의 아기와 타이거가 함께 살 수는 없다는 것만은 확고했다.

타이거를 2살에 데리고 오고 나서 이제껏 정성스럽게 키웠는데 다른 집으로 보낼 수도 있다는 생각이 들자, 이 대리는 벌써부터 너무 마음이 아려 왔다.

"오빠, 지금 우는 거야?"

눈물이 맺혔는지 지민이 이 대리에게 물었다.

"아냐, 울긴 누가 운다고…. 그리고 내가 왜 울어….”

이 대리는 애써 강한 척하며 돌아 누워서 눈을 감았다.

'타이거가 우리 없으면 못 살 텐데….'

언어라고 하는 것이 인간이나 동물을 좀 더 고등적인 존재로 끌어올릴 수 있는 힘이 있다는 것을 증명하려고 하는 것일까? 인간의 언어를 알게 된 이후에 동물들에게도 조금씩의 변화가 생기기 시작했다. 스스로 뭔가를 생각할 수 있는 생각의 폭이 넓어지면서 동물들의 사고 감각이 발달하기 시작한 느낌이었다. 본능에만 집착하는 1차적인 단계를 벗어나면서 그들도 생존의 이유라든지 지배와 피지배 그리고 각종 억울한 상황들에 대해서 인지하고 이에 대한 그들의 생각이 자리를 잡아 가고 있는 중이었다. 인간의 언어를 통해서 새롭게 알게 된 사실들과 불합리성 그리고 개체들 간의 차별에 대해서 알게 되었고, 그들은 시간이 지남에 따라 자율적으로 판단하고 행동하는 단계에 조금씩 다가서고 있었다.

"지민아, 타이거 어떻게 할지 결정했어. 방으로 잠깐만 들어와 봐.”

지민과 함께 타이거에 대해서 이야기를 하고 1주일이 지난 후에 이 대리는 지민에게 말했다.

"응, 결정했어? 알았어."

지민이가 이 대리를 따라서 안방으로 들어갔다.

"방문 닫고 이리 와서 앉아 봐."

이 대리는 방에 들어온 지민이를 침대에 앉히고는 이야기를 시작했으나 방문을 닫으라는 이야기를 제대로 듣지 못한 지민은 방문을 완전히 닫지 않았다.

"정말 많이 고민했는데, 아… 벌써부터 슬퍼지네. 그래도 내게 가장 중요한 사람은 지민이 너와 곧 태어날 우리 소중한 애기지. 물론 타이거도 내겐 너무 중요한 가족이지만서도 지민이와 애기와는 비교할 수 없지. 그래서 타이거는 시골 부모님 댁으로 보내려고. 아버지와 엄마에게도 이미 이야기를 해 놓았고 다들 동의하셨어. 그렇지 않아도 엄마는 진작부터 타이거와 애기를 함께 키우지 못한다고 어찌할 것이냐고 여러 번 물어 보시긴 하셨거든."

지민은 그냥 듣고만 있었고 이 대리가 말을 이어 갔다.

"그렇게 시골에 타이거 데려다주고 한 달에 한 번씩 찾아가서 같이 놀아 주면 되겠다 싶었어. 할머니, 할아버지에게 손자 얼굴 보여 드리는 겸 해서 자주 찾아가면 타이거도 우리 잊지 않을 것이고. 그리고 나중에 아기 좀 크면 그때 타이거 다시 데리고 와도 되고. 그건 뭐 나중 일이니 그때 가서 생각해 봐도 될 듯하고."

이 대리의 부모님은 충청도에 사셨다.

"그래, 알았어, 오빠. 우선 애기가 우선이니 그게 맞는 방법일 거 같네. 어머니, 아버님도 타이거 원래 좋아하셨고. 고마워."

지민도 이 대리의 결정에 동의했다.

이때였다. 마루에서 자고 있었던 타이거는 MLF 칩을 통해 이 대리와 지민이가 대화하는 것이 나지막이 들려와서 얼른 귀를 쫑긋하고 듣고 있었다. 안방 화장대에 올려져 있던 MLF 마이크의 전원이 켜진 것을 모르고 이 대리와 지민은 대화를 했고 두 사람의 대화가 고스란히 타이거에게 전달된 것이었다.

MLF 마이크 가까이에 대고 하는 말이 아니기에 멀리서 나지막하게 들렸지만 타이거는 그 내용에 대해 그간의 훈련과 경험을 통해 어렴풋이 파악이 되었다. 그것은 다름이 아니라 자신을 다른 집으로 보낸다고 하는 이야기처럼 들렸고 그렇게 이해가 되는 순간 타이거는 극도의 분노와 배신감에 이를 드러내며 으르렁거리기 시작했다. 자신이 그토록 믿고 따르던 주인인데 이유는 모르겠지만 자신을 다른 집으로 보낸다고 하는 말에 가슴이 무너지는, 치밀어 오르는 배신감을 느낀 것이었다.

억제할 수 없는 강한 배신감에 타이거는 괴성을 지르며 안방문을 강하게 차면서 뛰어 들어갔다. 타이거는 그 순간 인간의 언어를 이해함으로써 얻게 된 이성과 동물 특유의 사납고 강한 본능이 어우러져 어느덧 인간도 동물도 아닌 새롭게 만들어진 개체가 되어 있었다. 자신의 존재가 무엇인지를 모르는 그를 말릴 수 있는 것은 그 순간 그 어디에도 없었다.

이 대리와 지민은 강하고 날카로운 이빨을 드러내며 미친 듯이 달려온 타이거를 보고 소스라치듯 놀랐으나 그들 역시 소리를 치는 것 말고는 아무것도 할 수가 없었다. 울음인지 웃음인지 모를 괴성을 지르는 타이거에 의해 안방의 침대보는 두 사람의 붉디붉은 피로 곧 물들여졌다….

배신감과 분노 그리고 절망에 가득 찬 타이거의 눈빛에서는 두 개체 사이에 낀 새로운 종으로서 마치 세상 모든 사람들에게 외치는 듯했다.

'나를 찾아 주세요….'

- 끝

HUBRIS

ⓒ 박성용, 2024

초판 1쇄 발행 2024년 1월 1일

지은이   박성용
펴낸이   이기봉
편집   좋은땅 편집팀
펴낸곳   도서출판 좋은땅
주소   서울특별시 마포구 양화로12길 26 지월드빌딩 (서교동 395-7)
전화   02)374-8616~7
팩스   02)374-8614
이메일   gworldbook@naver.com
홈페이지   www.g-world.co.kr

ISBN   979-11-388-2581-8 (03810)